U0523124

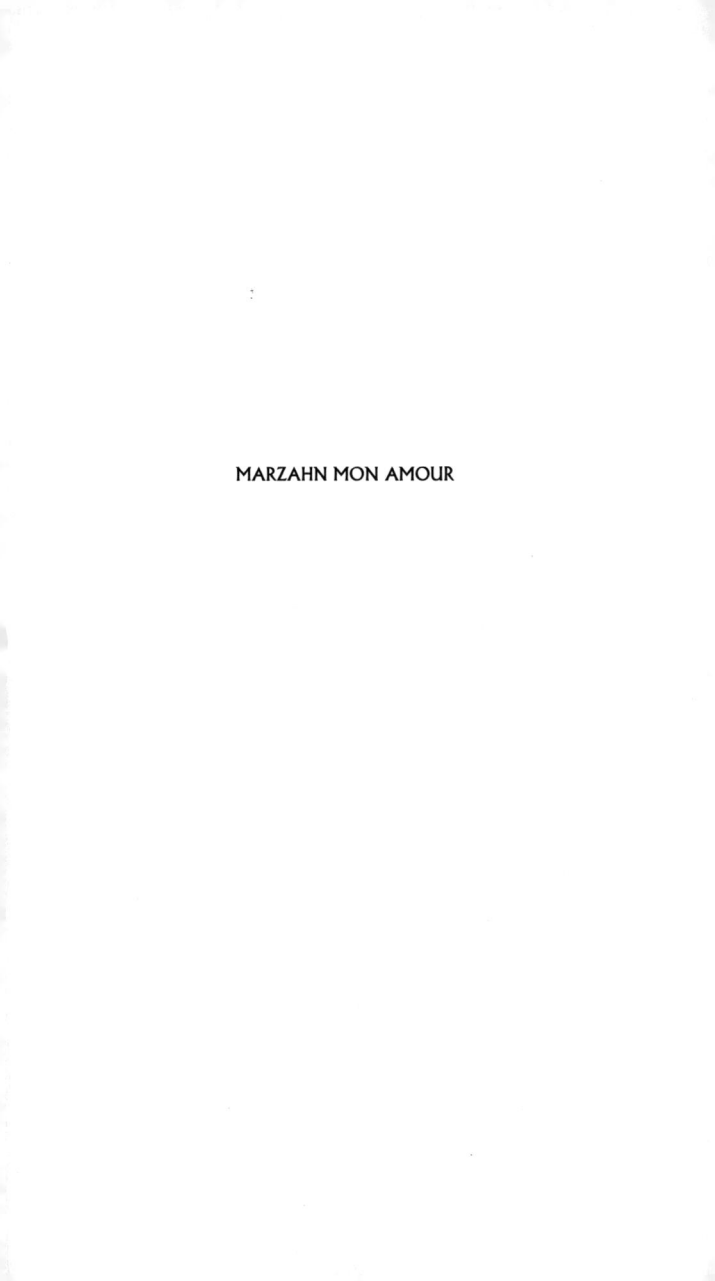

MARZAHN MON AMOUR

此生未尽

Katja Oskamp

Marzahn
mon
amour
Geschichten
einer
Fußpflegerin

[德] 卡特娅·奥斯坎普 著

毕秋晨 译

湖南文艺出版社
HUNAN LITERATURE AND ART PUBLISHING HOUSE
博集天卷 CS-BOOKY

·长沙·

只 为 优 质 阅 读

好
读
Goodreads

献给我的父母多丽丝·艾森施密特和哈特穆特·艾森施密特。

前言

人到中年,你不再年轻又尚未衰老,这是一段模糊不清的岁月。来时的岸边已在视野中不见,彼岸却尚未清晰。这些年间,你在这偌大的湖中央挣扎,因单调乏味的游泳动作而疲累气喘。这时你停了下来,怅然若失,迷惘地转了一圈又一圈,恐惧感袭来,担心自己悄无声息地中途沉没、不知所终。

当我来到这湖中央时,已经44岁了。我的生活趋于单调乏味:孩子羽翼渐丰,丈夫患病,我对一直以来的写作生涯也产生了质疑。我的心中泛起苦涩,40岁女性的"隐身欲"在我身上得到了完美的体现。我不愿被人看见,也不愿见人,刻意避开人群和各种善意的劝解,隐遁起来。

2015年3月2日,在我45岁生日的几天后,我把衣服、鞋子、毛巾和床单装进一个大包,带着行李乘车从弗里德里希海恩前往夏洛滕堡。离开车站时,我担心会碰到那位办公室就在附近的文学代理商,近来我从她那里只收到了各种退稿通知——我的小说已经被二十家出版社退稿了。我特意绕道走小路,还是到得太早了。当我走到六号楼门前时,门口站着几个女人,也拎着大包小包,她们跟我一样年华已逝、身形走样。我有些迟疑,询问她们我是否来对了地方。她们点了点头,我们彼此微微一笑。是啊,再一次尝试新事物,谁又知道这是不是合适的选择。我和一位来自施潘道的面色憔悴的医助抽了支烟,随后进入楼内。电梯只能容纳两个人,所有人步行上楼,楼梯一层接着一层,一群女人在行李的重压下喘着粗气,默默地爬上了顶楼。顶楼门口站着一个女人,身形瘦长,一袭白衣。

"我是吉塔,"她面无表情地与我们一一握手,

"换上衣服,把床单铺在椅子上,还有扶手上。"

我们挤进角落的更衣室,打开行李,小心翼翼,生怕挤占了太多空间。当我们脱下深色长裤,换上白色长裤时,不禁羞愧于自己日渐衰老的躯体。我们笨拙地把床单铺到椅子上,大家都不想犯错,在这里我们是学生,我们在一所自诩为学院的保健美容学校报名了足部护理 A 课程,吉塔是我们的老师。

我们犯了不少错误:忘记了足部诊断、在腿上铺毛巾、在膝盖下垫护垫;混淆了爪形趾和锤状趾、皮钳和角钳、消毒液和酒精;没有遵守卫生规范;浪费了角质层软化剂;手术刀摆错了位置;刀片插不到刨刀里。我们有时过于细致小心,有时又过于简单粗暴;有时过于精细,有时又过于草率;有时过慢,有时过快。我们也会伤到彼此,时不时有人受伤流血,需要包扎,对此我们相互之间并不计较。当我们像傻瓜一样支支吾吾答不出吉塔的问题时,听着她尖锐的声音,我们不禁后颈发僵。

休息时,我们会到楼下吃个三明治,抽根烟。

其中有一个来自俄罗斯的金发女人,她身着金色针织衫和亮眼的工装,那是一件带对角装饰纽扣的紧身外衣。涂着黑色睫毛膏的睫毛向上翘起,隐形眼镜让她湛蓝的双眼更有神采。她来这里是为了躲开家中那帮让她焦头烂额的青春期孩子,给自己一点喘息的空间,或许也是因为她自己的脚伤。她三次孕期都是踩着高跟鞋度过的。

小德拉勒来自格鲁吉亚,长期生活在埃尔茨山区。她每天早上坐三个小时的火车去柏林,晚上再坐三个小时的火车回去。按照她的说法,无论做什么都比在家里待着好,现在儿子已经15岁了,她也准备跟埃尔茨山区本地的丈夫分开。我夸赞她的德语讲得非常好,她说之前做过翻译。她还给我们看她的舌头,缺失了一角:"我得过舌癌。"

那位来自施潘道的医助神色憔悴,她有全职工作,这次请假来完成课程。她的儿子14岁,患有一种罕见的不治之症,随着年龄增长和体重增加,行动越发困难。她很快就要抱不动儿子了,背部止痛药如今也失去药效。她的老板还有两年就要退休了，最迟两年之后她打算自谋出路，究竟是自己开诊所还是在家陪儿子，尚未可知。

还有一些志愿者，他们大多是老年人，愿意花三个小时的时间，让没有经验的初学者免费为他们修脚。小德拉勒的额头渗出汗珠，头发包裹在防护帽下，眼睛藏在护目镜后，下半张脸紧紧地贴着白色口罩，仿佛战场上的士兵；憔悴的医助戴着手套，手中的修脚刀抖个不停，把志愿者的脚后跟划出了血；后续阶段中，金发俄罗斯女人被甲癣熏得泪流不止。我们神经紧绷，吉塔敏锐的目光不时扫过，伴随着她尖锐的声音和激动泛红的脸，她尖尖的手指直指痛处。

我们之中没有人生活顺遂，每个人都曾在某处颠沛流离，陷入困境，止步不前。对失败的滋味习以为常，我们逐渐变得恭顺屈从、畏首畏尾。我们试图忘记过去，抹去一切，让自己成为一张白纸，从头再来。尽管如此，我们还是失败了。吉塔并不记得我们的名字。我们离开后，下一批人又会来到这里，如我们一般的一群中年母亲，刻苦努力、平平无奇，她们都是芸芸众生的无名代表，沦为自己人生的脚注。

回家后，我把二十八块足骨的名称、指甲的结构、足部畸形以及血栓形成的原因熟背于心，也记住了刀头材质，草药功效，皮肤癌类型，病毒、细菌和真菌孢子的区别，糖尿病足的特征，以及足裂、皲裂和静脉曲张的定义。每当晚上躺在床上，我丈夫也会给我提问，我们身边满是写满笔记的小字条和足部素描。

在六号楼的阁楼上，我们进行了理论考试，实践考试由一位特邀医生主持。我们全员通过了所有考试，金发俄罗斯女人第二次也通过了考试。大家总算松了一口气，甚至充满自豪。吉塔递给我们一张证书，并和我们一一握手，她的脸上洋溢着微笑。她是一位好老师。我们在夏洛滕堡车站附近喝了一杯咖啡后分别，大家怀着忐忑与期待各奔东西。她们后来如何，我不得而知。

离开人群的视线，你可以为所欲为，无论过程是可怕的、美妙的，抑或另类的，终究无人问询。

起初，我没有告诉任何人我的转行计划。但当我笑着展示我的证书时，却遭到他们的厌恶、不理解和难以承受的同情。从作家到修脚师——多么华丽的陨落。我不禁回想起旁人的意志、神情和善意建议带给我的折磨。

我等不及了，一双健全的手让我可以做一份有价值的工作。这不是一个简单的开始，但我相信它会有一个好的结果，就像所有的开始一样。

在这个年纪，青春年少的子女让你不禁追忆自己的芳华岁月，丈夫的疾病又让你的身份从爱人变成了护工。你仿佛身处一片大湖的中央，当你浮出水面并继续前行，你的所看、所思、所想越发丰盈。在这个年纪，当你开启一段冒险，对结局的设想必定悄然展开。人到中年，在马尔灿开启修脚师生涯，对此我满怀憧憬。

目录

001　古塞女士
013　保尔克先生
023　布鲁迈尔女士
033　皮耶施先生
045　俄罗斯女人
055　弗伦泽尔女士
065　霍伯纳先生
077　新客人欧文·弗里切
087　诺尔母女
103　弗里茨

113　工作室集体出游

133　雅努什女士

145　恩格曼夫妇

157　女作家们的青春期女儿

165　格琳德·邦卡特

187　胡特夫妇

197　后记

古塞女士

我乘坐 M6 有轨电车一路向东，经十四站到达柏林郊区，车程 21 分钟。下车后，我感受到了气温的差异。马尔灿曾是民主德国最大的装配式建筑群所在地，与市区相比，这里的天气变化更加显著，四季更加分明。

我们的工作室距离车站步行不到 2 分钟，位于一楼，这为我们赢得了许多腿脚不便需要拄拐、使用助行器或坐轮椅的顾客。我仰起头，工作室所处的这栋十八层楼高的建筑让我感到了自己的渺小。在这座宏伟建筑的脚下，我开启了自己的修脚师生涯。

我穿上白色的工作服，把三明治放到厨房，冲好咖啡，开始准备工作，查看预约登记本，确认是否有临时取消或新近登记。

随后铃声响起，时间来到9点45分。我赶忙跑到门前，将红色的歇业门牌翻转为绿色的营业门牌，打开门喊道："古塞女士，请进！"

古塞女士摆好助行器，把外套挂在衣架上，喘着粗气。她拎着购物袋，颤颤巍巍地走进足疗室。她坐到足疗椅上，我帮她脱掉鞋袜，卷起裤腿，然后协助她把双脚放进足浴盆。我从盒子里抽出两只手套戴上，坐到她对面。像往常一样，她又说起乳腺癌病史，我点点头，重复那套固定的说辞，告诉她手术已经过去了快七年，术后必须服用的药物产生了恶劣的副作用，比如呼吸急促和腹泻。对不了解情况的新手来说，我陈述那些古塞女士早已了然于心的病痛或许有些奇怪；但老手知道，在每次交流中，纯粹的信息交换只是冰山一角，我和古塞女士真正深层的交流隐藏其中。在我适时地提到腹泻时，她不出所料地说，有时她根本不敢出门，生怕拉在裤子里。每六周我们都会重复一遍这段对话，我对此早已了如指掌，甚至可以互换彼此的台词。

我回答说，这太糟糕了。这时，古塞女士点点头，咧嘴微笑。这也是让我无比惊讶的一点，无论谈到多么可悲的境遇，她总能保持这种微笑。然后她又说起那段常说常新的话："都是手术之后，手术之后，手术之后，手术之前我不这样，不这样，都是手术之后。"

当她看到我拿起修脚工具时，她把自带的毛巾铺到了腿上，这也是真正的老顾客的特征——总是自带毛巾。我自然也会报以赞许，告诉她，我和我的同事非常感谢顾客能够给予这种友好协助，减轻了我们清洗的工作量，我们的话题也自然而然地从疾病转到了家务。古塞女士把她的左脚从水中抬起来，伸到我面前，我开始按摩足跟、足底、足弓、足面，在脚趾间搓揉，去除陈旧的皮屑，就像马利亚曾为耶稣做的那样[1]，但在我和古塞女士的对话中，《圣经》并不是主要话题，我也没有用头发擦

---

[1] 《约翰福音》第十二章：马利亚拿着一斤极贵的真哪哒香膏，抹耶稣的脚，又用自己的头发去擦，屋里充满了膏的香气。——译者注（若无特别说明，以下均为译者注）

干古塞女士的双脚,而是用她自带的毛巾。

"您现在可以放松一下身体。"我对古塞女士说道。她自在了些,再次带着幸福的微笑谈起她的义乳。她有义乳,但从未用过,于是我们又谈起了她的病症,我顺势抓住机会,称赞她的上衣宽松飘逸,让人难以察觉乳房的缺失。的确如此,古塞女士说着,眼角掠过一丝娇俏,她喜欢穿得宽松、轻盈、多彩。接下来到了古塞女士变身女王的环节:我踩动踏板,古塞女士坐在足疗椅上缓缓上升,周围一片洁白,她身着粉色,如同身居王位。像往常一样,我们开玩笑说,照这个架势古塞女士会冲破天花板。我把柜子拉过来,打开照明灯,调整旋转臂,耀眼的灯光照射在脚面上。古塞女士的椅子升到女王般的高度后,作为女王此刻的仆人,我把白色坐凳拉过来坐下。戴上眼镜,开始修脚,首先用刀头去除粗糙的死皮。

"如果疼的话……"我说。

"那我就尖叫。"古塞女士说。

现在,我集中精神处理可能向两边长的嵌甲,将指甲尖处剪掉,然后拿起探针,从边缘下和褶皱处挑出角质,然后轻轻地将指甲角质层向后推,重复十次。我把刀具嵌入机器,选择较低转速,然后打开修脚机。马达声、吸尘声在古塞女士和我之间隆隆作响,至少现在,我和我的女王一样听力受限。由于噪声太大,我们都沉默不语。我透过眼镜框看着古塞女士,她的脸上依然挂着微笑,温和而安静。

古塞女士1933年出生于柏林普伦茨劳贝格,上学上到八年级,没有受过职业培训,未经培训上岗做过短期的清洁工。1953年结婚,1966年时已育有五个子女。1973年,45岁的丈夫去世。她独自抚养孩子长大,孩子们都学成找到了一份工作:泥瓦工、锁匠或销售员。1993年,古塞女士从普伦茨劳贝格搬到马尔灿。她已经安排好了自己的葬礼(支付了4000欧元),挑选了骨灰盒(橡木的),选择了葬礼音乐(《纳布科》[1]),并租下了墓地:就

---

1 《纳布科》(*Nabucco*)是由威尔第作曲的四幕歌剧,意大利文剧本改编自《圣经》故事。

在她丈夫旁边。

古塞女士满意地看着自己闪亮的指甲。我关掉机器,把刀具放进消毒液中,摘下眼镜,拿起指甲锉。

屋里再次陷入沉默。

"蹄子伸出来。"我说道。

"我又不是马。"古塞女士说。

我先用指甲锉粗糙的那面打磨角质,古塞女士配合地伸出脚绷起脚面,皮屑轻轻地洒落下来。之后我把指甲锉转到光滑的一面,古塞女士腿脚不便不常活动,脚上几乎没有老茧。

当我问到她丈夫何故英年早逝时,她总是说他做了胃部手术。可这并不是死因。从她的眼神中我知道,即使已经过去了四十五年,她也不明白丈夫因何而死。事实上,随着岁月的流逝,她越来越糊涂了。她也很难说出五个孩子的名字,但最终还是想起来了:洛塔尔、贝尔、约阿希姆、乌韦和克里斯蒂娜。古塞女士并没有失智。她只是正慢慢地从满脑子都是孩子、厨房、商店的世界中倒退出来。

"今天晚上吃什么,古塞女士?"

"这正是我想知道的,不是吗?"

我们咯咯地笑起来:古塞女士故作调皮,我则配合着表现出难以抑制的好奇。古塞女士是个能开玩笑的人。

"今天我要做……嗯要买……过一会儿,等我足疗结束了,我去买……嗯半只鸡!"

她说得憨态可掬,表现得相当精彩。古塞女士以前肯定厨艺了得,我的印象中,她的菜单上总会反复出现烤肉、鸡肉、中式菜肴。但一到周末,她在烹饪上就会如同普通的家庭主妇。知道她做什么吗?烟熏猪肉!这是古塞女士每周六的固定菜肴。她怎么做呢?加土豆和酸菜。猪肉呢?接下来便是我跟她整场对话中的最爱。

"要用到面包切片机。先烹制整块肉,然后用面包切片机把猪肉切片,就是这样,是不是很惊讶,我就是用面包切片机做的。"

"用面包切片机?"我不禁目瞪口呆,困惑不已。

"是的,"她带着贵族般骄傲的神情说道,"用面包切片机。"

我后知后觉地向古塞女士的切片技术表示赞叹，同时用毛巾为她擦净脚后跟，她的脚后跟光滑得如同婴童皮肤一般。她可以选择一款护脚霜，有玫瑰、薰衣草和蜂胶的。但古塞女士把选择权完全交给我，她信任我，一切按照往日惯例。我把护脚霜挤到手上，然后涂抹双脚，先是左脚，再到右脚。她沉默又专注地配合着，因为我护理她的脚时会有一些别人不做的操作：抚摸脚背，逐一活动趾关节，拉伸跟腱，用拳头按压脚心，拉伸前脚掌，揉捏脚后跟。

"一如既往的高水准。"古塞女士说。

我们在注视我刚刚完成的作品。古塞女士已经85岁了，经过护理，双脚此刻成为她全身最显年轻的部分。

我脱下手套，让"王座"降落，放上搁脚凳，叠起毛巾，帮古塞女士穿上鞋袜。

古塞女士起身，身体微微摇晃了一下，她扶着扶手站稳，然后拿起购物袋，把毛巾放进去，颤颤巍巍地走出房间。

"付钱。"古塞女士喊道。

我连忙跑到柜台。古塞女士是个从不拖欠费用的优质顾客,她在付钱上是个急性子。现代人总是愿意贷款、分期付款或是延期付款,而古塞女士不同,她想尽一切办法不负债、不欠债、不留债。她享受在第一时间付清的人生,甚至更愿意在获得服务之前就付钱。的确如此,她已经提前结清了自己的葬礼费用。她掏出钱包,脸上带着孩子般的骄傲。我收了她 21 欧元。

保尔克先生

保尔克先生算是我开启修脚师生涯后的第一批客人。第一次修脚时,他笑着问我:"你知道这是哪里吗?柏林的粪坑。过去这是一大片荒地,后来建起了高楼,挖出来的泥土还能闻到当年的味道。"

保尔克先生是第一批自1983年起就居住于此的马尔灿原住民,一个无产阶级,现在上了年纪,为人彬彬有礼,用宿命论的幽默和谦逊的态度面对岁月的侵蚀。保尔克先生对自身不太在意,他左右脸不对称,脸上一团糟:斜眼、疣子、老年斑,不同时期的假牙拼在一起歪歪扭扭。他患有关节炎,膝盖失灵。第一次给他洗脚时,我吃了一惊,但很快我就喜欢上了这双脚:浮肿、颜色暗沉,满是老皮,无数条杂乱的青筋分布其间,如同风化的石头。

保尔克先生曾在东德最大的运输公司工作。他一生都在搬运各色物件：橱子、冷柜、钢琴等。除了惯常的搬家服务，这家公司还提供企业搬迁服务，陪同管弦乐队外地巡演。在保尔克先生看来，这是份不错的工作。他和同事们时常可以免费听音乐会，结束后拆解设备，运上卡车拉回。当保尔克先生无法胜任搬运工作后，他被调到了客户服务部门，负责现场查看、初步商榷和费用计算。当这些工作也让他有些吃力时，他想调到办公室工作，但被拒绝了。保尔克先生只能在57岁提前退休，蒙受经济损失。1989年，柏林墙倒塌，保尔克先生被诊断为右下颌淋巴癌，他接受了手术和放射治疗。

癌症得到控制后，保尔克先生夫妻俩开始旅行，每年两次。在回忆这段经历时，保尔克先生说："这是我还能抓住的美好。"他领略了挪威的峡湾、瑞士提契诺的棕榈树、爱尔兰都柏林的酒吧。我结识保尔克先生时，他早已不再远行，活动半径越来越小。

每次见到保尔克先生，他身上总有新毛病。有一次，他告诉我，他的右半身装了一种管子，从脖子到腹股沟，现在有点松动，必须不时重新调整。具体情况他也不太清楚，但他相信医生。每次去看医生，保尔克太太都要打电话叫救护车上门，经常开到柏林-马尔灿创伤医院，他总把这家医院简称为UKB，有时口误叫成UKW。理疗师上门服务，每周2次，每次20分钟。"理疗师辅助我上下楼梯，我还要做屈膝、仰卧和骑车运动。"看到我惊讶的表情，保尔克先生有点自豪地说，"是的，都是这样的运动练习。"

一年半前，保尔克先生的右下颌淋巴癌复发，他告诉我他即将在UKB再度手术。他特意在入院前护理双脚，我问道："您害怕吗？"保尔克先生稍做思考后答道："听天由命，强求不得。"

六周后，保尔克先生再度出现，与约定时间分毫不差，身形有些消瘦："医院饭菜难吃，喝了三周的汤，我瘦了10公斤，但指甲长出来了。"我帮他去除死皮，他的脚趾抽动了一下。"痒吧？"

我笑着说。"越痒越好啊,"保尔克先生笑道,"证明它还活着!"

2016年9月,再次见到保尔克先生时,他的上牙几乎全都没了,只剩两颗暗金色的门牙。保尔克先生说,他不戴临时假牙,磨得难受。"香蕉也吃不了,会粘在上面。"

每当我被保尔克先生不时冒出的俏皮话逗笑时,他的脸上就会流露出一种微妙的情绪,难以置信、扬扬自得又有些羞涩。他已经不习惯别人回应他的话了。那一刻,保尔克先生也许回忆起了当年风华正茂的自己,当年的他也曾与女人开玩笑,他仍然知道该怎么逗她们开心,他的记忆力还很好。

9月的一天,我正仔细地给保尔克先生的双脚涂抹乳霜,然后摘下手套,给他穿上鞋袜。他扶着椅子站起来,我向他伸出双手,他将手搭在了我的手上,他的双手温暖而又松软。我们就这样面对面站着,紧握双手,四目相对,享受这让人温暖的美妙一刻。这不只是为了稳住保尔克先生的身体。除了修脚，我想多为他做些什么：摘下他肩膀上的一片棉絮，调整一下他的衣领，或者轻轻抚摸一下他的脸颊。保尔克先生抿嘴微笑。

我说："与您相处总是非常愉快。"

"我也是。"他垂下眼帘。

然后他的目光越过我的肩膀看向窗外："我的太太来了。"

我扶着保尔克先生，慢慢走到大门口，给保尔克太太打开门，然后预约了下一次护理的时间。结账后，他一如既往地给了不少小费，我向他们道谢。我把保尔克先生的毛巾和钱包放进保尔克太太的包里，她从包里拿出日历，实际上只是一张厚厚的A4纸。

保尔克太太说："这是在为明年做准备。"她有太多事情要操心，比如：眼科医生三个月之后才能约上；明天理疗师就该来了；她的人工髋关节又出问题了；她早上起来身体总是很难动弹；她适合快步走，而她的丈夫步履缓慢；市场上有熏鱼；菲芬尼格菲弗折扣商店马上就要在恺撒大街开业了。

保尔克先生道别后,推着助行器出门,他迈着缓慢的步子,双腿无力,膝盖弯曲,弓着上身。保尔克太太跟在他身旁。我喊道:"六周后见!照顾好自己!"保尔克先生举起一只手回应,他已无力转身。

四周后,保尔克太太打来电话。她的丈夫无法如期前来,因为"……他去世了"。我震惊不已,向保尔克太太表达了我的哀悼。她的情绪有些激动,告诉我保尔克先生的新牙刚刚做好,就装在她面前的盒子里。"我要付2000欧元,但现在用不上了,这假牙也没有其他人能戴。"

我闭上眼睛,稍后,我从预约本上划去了保尔克先生的名字。

最近,我在内托折扣超市见到了保尔克太太。我要买垃圾袋、化妆棉和咖啡奶精,保尔克太太在找莱比锡传统的混合蔬菜包。她看上去很苗条,拄着拐杖。我问她是否有时间常去墓地看望丈夫。她摇了摇头,说:"太远了,有一次我儿子开车送我去的，我在长椅上坐了一会儿。对了，医院那边真的很好，我只为我丈夫的牙齿付了 500 欧元。"

布鲁迈尔女士

人们对柏林东部的预制房怀有极大成见,马尔灿也因此被称为水泥荒漠。事实上,马尔灿绿树成荫,街道宽阔,停车位充足,道路完善,人行横道处路牙石趋缓。无论何种车辆,只要带轮子,就可以在这里畅行,顺利抵达目的地。

然而,众多成见之中,有一条是合理的:装配式建筑隔音很差。楼上的人用电钻打孔时,我们的工作室会变得如同牙科诊所般嘈杂。

我认识布鲁迈尔女士已经两年半了。她是个风趣开朗的人,操着柏林口音,她已经60多岁了,但看上去也就50多。她家和我们的工作室在同一栋楼内,她住在十四层。我站在门前抽烟时经常能远远地看到她,我们挥手致意,她总会掉转方向,过来找我聊上几句。她的生活总是很充实：理疗、购物、理发、拜访朋友。随后她开着那辆时髦的电动轮椅飞驰而去，她的上半身如同赛车手一样前屈，额头上的碎发被风吹散。电动轮椅的最高时速只有6公里，这远远无法满足布鲁迈尔女士，她更希望以每小时七八公里，甚至9公里的速度在赛道上驰骋。布鲁迈尔女士总是盼着顺风，这样电池就能用得更久。

布鲁迈尔女士每七周来一次，她一来，我就赶紧去开门，然后大声说道："请进！"布鲁迈尔女士高声回应："然后是请坐，对吗？"她把轮椅径直开进足疗室，停在足疗椅旁，自己从轮椅上站起来，不需要我的协助，屈膝走上两三步。只要自己力所能及的事情，她都亲力亲为，甚至还会打趣自己。她认为那些坐着轮椅"从头到脚都让人伺候"的人简直不可理喻。她坐上足疗椅，我脱下她的拖鞋——一双舒适的儿童拖鞋。我一边给她洗脚、擦脚，一边和她闲聊最近的新闻。这时，她总会说："我正想这么说呢。"如同一句魔法咒语。我要说的正是布鲁迈尔女士想说的，对别人也是如此，别人想说的，也正是布鲁迈尔女士想说的。这句话为她的社交打开大门，铺平道路。在肯定他人方面，她技艺高超。

1955年，1岁的蒂娜·布鲁迈尔被诊断出患有脊髓灰质炎，俗称小儿麻痹症。她被送进医院，借助"铁肺"呼吸机呼吸，快4岁时才出院。这个小姑娘费尽全力也只能坐起来，喝些粥，这些都是布鲁迈尔女士从别人口中得知的。然而，她记得父亲对她说过："你只是行动有些受限，你不是病人。"医生建议将孩子送进特殊学校，但是父母没有听从医生的建议，而是把女儿送进了一所综合高中。除了体育课，其他所有科目蒂娜·布鲁迈尔都能顺利跟上。完成学业后，她成为一名秘书，结了婚。医生强烈建议她不要怀孕。1990年，36岁的蒂娜·布鲁迈尔生下了一个儿子。在此期间，她所在的公司进行清算。公司里的人告诉她，由于她的残疾，她在西德没什么前途。当时她已经要靠拐杖走路了，但还没有坐上轮椅，小儿麻痹症后遗症的最初迹象开始显现：她患上了肌肉萎缩。当时她的儿子正处于青春期，丈夫死于白血病。她说，那是一段艰难的时光。

后来这位蒂娜·布鲁迈尔成了我的常客。面对顾客，我心中有一条标准，那就是让每位顾客离开时都比来之前更加愉快，但是面对本就无比开朗的她，我怕是难以做到了。我大约有六十位常客，对比明显。有些人把感冒伤风都当作极大的负担，常年自悲自叹，觉得被生活欺骗得惨不忍睹。而这位"乐天派"截然不同。她告诉我，一个小男孩在街上问妈妈，坐在轮椅上的女人是不是残疾人。她高声回应小男孩："只是腿脚残疾，而非心灵残疾！"她让小男孩坐到她的腿上，一起坐着轮椅兜了一圈。

"这位母亲应该感谢您。"我说。

"我正想这么说呢。"布鲁迈尔女士说。

每次来做足疗时，她都会欢欣鼓舞地表示再也不用自己护理双脚是一件多么惬意的事情，她和儿子都认为，这是在改善生活。为了带她四处兜风，她的儿子还买了一辆车。儿子是她的唯一，也是她的全部。她总是庆幸自己当初没有听从医生的建议，尽管怀孕带来的身体负担可能导致小儿麻痹症后遗症提前若干年显现。

还有一次，她跟我说起一个郁郁寡欢的朋友，家里乱得堪比垃圾场。布鲁迈尔女士总是帮着照看，买东西、整理信件、洗衣服。她拄着拐杖，整理废品，顺势为自己在满地堆砌的杂物中清出一条路来。但下周末她就不能过去帮忙了，因为她要乘船去旅行。

"什么样的船？"我问。

"这不正是我想知道的吗？"布鲁迈尔女士笑着说。

她与青梅竹马的鲁兹重逢，鲁兹有一艘船，一直邀请她同行。布鲁迈尔女士与儿时玩伴一起航行在施普雷河上，一边野餐一边享受着美好风光，惬意非常。

"您恋爱了吧，布鲁迈尔女士？"

"我正想这么说呢。"

第二年冬天，布鲁迈尔女士和鲁兹去了德国最美的圣诞集市，他们每个周末都外出游玩：纽伦堡、德累斯顿、吕贝克。布鲁迈尔女士坐在足疗椅上，用双手把腿挪到合适的位置，享受足部按摩。她的脚上没有老茧，按摩总是尤为顺畅。我注视着她的脸，她的脸有点像猫，也许是因为她的上唇上有淡淡的绒毛。布鲁迈尔女士打起了呼噜。

3月初的一个星期三，临近下午4点。布鲁迈尔女士还没进门，就咯咯直笑。像往常一样，她不让我帮她从轮椅坐到足疗椅上。等她坐好后，我帮她脱掉脚上的儿童拖鞋。我们闲聊起来，当我为她剪脚指甲时，她突然说道："也许我们之间发生了一些尴尬的事情！"

我停下手抬起头，害怕误伤她娇嫩的肌肤。

"正在亲热时，床塌了。"鲁兹和她在地上爬来爬去，试图把床板装上。第二天，她在电梯里遇到了住在楼下的男人，男人咧嘴傻笑说："您家昨晚开迪斯科舞会了吧？"布鲁迈尔女士尴尬得想钻进地缝里。她非常喜欢住在马尔灿，但是房子的隔音效果让她难以忍受。最糟糕的是,每次她遇到住在楼下的男人,他都会对她一个劲儿地咧嘴傻笑。

"布鲁迈尔女士,他这纯粹是羡慕嫉妒。"我说。

"我正想这么说呢。"布鲁迈尔女士说。

皮耶施先生

很多人认为，在马尔灿居住的都是东德的大人物和德国统一社会党[1]的干部。事实并非如此，尤其是我在马尔灿工作之后，我更加确信无疑。我的顾客基本都是泥瓦工、屠夫、护士、电子技工、农夫和加油站工人。

我的顾客中只有一位真正的统一社会党干部。自从我认识他后，我对党干部的印象就固化成了皮耶施先生的那张脸。他是一个典型的保守派。

皮耶施先生总会准时来到我们工作室门前，光秃秃的头上戴着一顶格子休闲帽，神情严肃，直愣愣地盯着玻璃。于他而言，敲门或按铃都有损尊

---

[1] 德国统一社会党于1946年4月由苏占区的德国共产党与德国社民主党合并组成，基本政策倾向苏联。

严,他所到之处,门都应该为他自动打开。对此,他既熟悉也认同,即便这种认知已经过时三十年了。我开门请他进来:"皮耶施先生,您好。"但我的微笑致意没有得到回应。皮耶施先生默默地脱下外套,像是来执行公务。一位女顾客正坐在藤椅上等候美容服务,皮耶施先生身形伟岸,无论从内心还是外在,他以居高临下的姿态向她致意,随后拎着小包从我前面走进足疗室。

"最近怎么样?"我问。

皮耶施先生脱掉鞋袜,盯着窗外。我逐渐熟悉了皮耶施先生的套路:一开始有些认生,之后愈加健谈。我蹲下身,把足浴盆推到合适的位置,仰头望向他,他的双眼外凸严重。皮耶施先生操着图林根、萨克森一带的口音,由于戴着假牙有些口齿不清:"当然总有些不如意的事情,但我能应付,我能掌控自己的人生。"

出生于1941年的埃伯哈德·皮耶施出身贫寒。他曾就读于工农学校,后来成为一名历史和数学教师。他结婚后育有一女,婚后很快转行,开启从政生涯。他先是在（原东德）图林根州自由青年联盟分部管理层任职，不久又升任党内职务。有一次，他不无自豪地对我说道："我是当时全东德最年轻的地区党委书记！"20世纪70年代，他担任党委书记的地区与西德接壤，边境线35公里，他的描述让我觉得，这35公里的边境线都由他一人把守。1981年，皮耶施先生举家迁往东德首都，作为德国统一社会党的主要领导出国参加社会主义国家代表大会，并陪同东德代表团参加奥运会。我一直搞不清楚他的工作究竟是什么。

初次见面时，他问我是否知道东德的少年先锋队何时成立。"12月13日。"我回答道。此外，我还答出了东德国家人民军成立日（3月1日）、教师节（6月12日）和东德建立纪念日（10月7日），附赠用俄语给他唱了一首苏联儿歌《愿永远有太阳》。就这样，他向我敞开了郁结已久的心扉。他在我身上看到了当年奋发向上的少先队员的影子，我让皮耶施先生回想起了他最美好的年华。

洗脚时，他告诉我他买了一把新扶手椅，但要等三个月才能送货。然而他已经扔掉了旧扶手椅，所以现在只能坐在家里的露营椅上。我把他一双大长腿上的大脚擦干，他的腿脚让我想起兔子。然后，我踩动踏板，伴着低沉的摩擦声，皮耶施先生的座椅升了上去。

在最好的年华，皮耶施先生不仅在政治和意识形态上站位正确，而且坐到了很高的位置，至少在他看来如此。他在上，其他人在下，这种等级观念深深扎根于皮耶施先生内心。在他眼中，知道若干纪念日和歌曲的我也算是站位正确，但是作为一名足疗师，只能算社会低等人群。

在最好的年华，地位显赫的皮耶施先生不仅经常出访，也经常出轨：跟某位奋发上进的女同志，或是女翻译，抑或是女运动员，他与自己的秘书也有多年的婚外情。皮耶施先生一定对这些风流韵事做了详尽的记录，因为他曾告诉我他一生中性接触的全部次数（51次），我向他表示祝贺，这也就尽到了作为皮耶施先生足疗师的责任。

我解决了难以切割的木质化指甲。我把探针伸到指甲边缘下，这刺激了神经末梢，于是皮耶施先生的脚趾不时抽搐。这让他很不舒服，但他坚持认为这与他的指甲无关。我打开机器，刀片嗡嗡作响。我小心翼翼地抚平指甲的纵向凹陷，并努力使切割出的边缘均匀对称，但由于指甲的木质化，没有完全成功。

皮耶施先生刚开始与一位比他小 14 岁的丰满女同志偷情，就走漏了风声，被他的妻子当场撞破，跟他离婚，并把他赶出了家门。当时，不仅他的婚姻走到了尽头，东德也处于最后的挣扎之中。柏林墙倒塌，两德统一，妻子和他离婚。当人们在勃兰登堡门庆祝德国统一时，皮耶施先生搬进了位于柏林马尔灿的一室一厅公寓，至今他仍住在那里（现在只能坐在露营椅上）。他想重操旧业当老师，但被拒绝了。为了免于失业，他就职于一家保险公司。在马尔灿办公室，他负责的客户都是从东德的国家保险公司承接过来的。在保险公司工作的第十三个年头，皮耶施先生在街上摔倒，被送往急救，做了心脏手术，历时八小时，装了五个支架。经过康复治疗，皮耶施先生在 63 岁时退休，养老金损失不少。

当我为皮耶施先生去除粗糙干皮的脚上的老茧时，他提起了他的心脏病友运动小组，小组即将举办第四十三次徒步旅行，他在组内担任领导。皮耶施先生是徒步旅行的组织者：他会事先走一遍路线，记录时间，确认火车线路，组织报名，统计完人数之后，在餐厅订位，徒步结束后，大家到餐厅用餐休息。如果有成员过生日，皮耶施先生会提前准备讲稿，在大家面前发言祝福。

我见缝插针地说，您总能把徒步旅行安排得如此周到，组员们肯定很高兴。不出所料，皮耶施先生对我的表扬并不在意，而是轻蔑地扬了下眉毛，瞪着外凸的眼睛反驳道："听好了，姑娘。"这是他即将总结性发言的开场白，他的姿态如同一头精明的鹿面对一个心智未开化的低等动物，以他多年担任地区党委书记的经验，组织一场远足简直信手拈来。

皮耶施先生对我一字一顿地大声说道："埃伯

哈德·皮耶施总能组织起来！埃伯哈德·皮耶施了解运动小组的需要！埃伯哈德·皮耶施是个演说高手！"或许在他看来，我应该拿笔记录下来。

皮耶施先生已经独居近三十年。他与前妻的关系很冷淡，女儿与他也极少联系。没有人邀请他参加生日聚会，也没有人偶尔打电话问候他的身体状况。皮耶施先生已经把他花园的地皮过户给了外孙。外孙收下了，没有一句感谢，也从不打电话问候。

我擦去皮耶施先生脚上的灰尘，然后拿起护理慕斯。皮肤如海绵般吸收着泡沫，我不得不多次涂抹。皮耶施先生丝毫没有留意到，开始讲起了各种病症。皮耶施先生与亲戚关系淡漠，对自己的脚也是如此。同样，我的话他也听不进去。

他说起自己看过的心脏医生、整形外科医生、眼科医生、皮肤科医生，最后说起了泌尿科医生，他每隔一段时间就去泌尿科做检查。出于诊疗需要，泌尿科医生会问及性生活，他也由此过渡到了自己想说的主要话题：勃起，而且是他自己的勃起。他详细描述了他的勃起——存在但不持久。与东德、他的婚姻和事业一样,皮耶施先生的勃起也有瞬间崩塌之势。由于服用治疗心脏的药物,他对泌尿科医生推荐的维持勃起药物有些顾虑,但依然决定放手一试。现在万事俱备,只缺一样——性伴侣,但此事没有一点苗头。于是皮耶施先生问我是否有兴趣与他发生性关系。我回答说我已经嫁人了,只能给他做个足疗。但皮耶施先生不依不饶,他说他觉得我很聪明,而且魅力十足。我再次婉言谢绝。再次被拒后,皮耶施先生身体坐直,有些懊悔地说,我们刚才就应该结束这个话题。当然,他内心仍在盘算。

我给他穿上袜子,放下裤腿,放低足疗椅,把鞋拔递给他,那双酷似兔子的脚消失在了鞋子里。

养老金捉襟见肘,他只能精打细算。在他的单间公寓里存放着一些标注好的信封。他把钱放在信封里,以备大额开支:新扶手椅、回图林根老家的短途旅行、年票……有一个信封专门用来存放足疗费用。起初,皮耶施先生每六周做一次足疗,后来变成五周一次，现在他每四周就来一趟。

当我拿着变凉的足浴盆准备离开房间时，皮耶施先生从他的小包里拿出一瓶苏哈尼起泡酒递给我："干得好，同志。"我笑着表示感谢，皮耶施先生揽住我的腰："能给我一张你的照片吗？""不，"我说，"不能，皮耶施先生。"他外凸的双眼眼神悲切。

我们一同来到前台，他对我大声斥责，好像我是他不称职的秘书："上点心，姑娘。"在他看来，预约个日期并不难，我应该"迅速完成"，他今天还有其他事情要做。我把下一次足疗日期登记到本子上，也写到了皮耶施先生的客户卡上，然后收取了22欧元，陪他走到门口，把门打开。他严肃而正式地向我告别。91岁的退休老人，秃头上顶着格子帽，手里拿着空袋子，灰溜溜地走了。哦，埃伯哈德，明明是工农家庭出身的孩子，却终身被职务头衔蒙蔽了本心。代我向心脏病友运动小组问好。

俄罗斯女人

马尔灿终年风力强劲,我将其归结于紧邻地势平坦的勃兰登堡州,冷峻的西伯利亚下沉气流从上空穿过,猛地直扑马尔灿,在巨大的高层建筑之间形成风洞,阳台上一切没有焊牢的物件都被狂风刮倒,诸如坐垫、天竺葵盆栽、遮阳伞。

如今迎来5月,高楼之间新芽萌发,绿意盎然。工作室前的草坪上种着樱桃树,4月时,枝头繁花似锦,一片洁白,风将花瓣吹落草地,如同一片白雪。不久,果实成熟,吸引了许多越南人,他们身轻如燕,爬到树枝上采摘免费的樱桃。树上住着一对鸽子,傍晚天黑时,野兔在草丛中蹦跳穿梭。

蒂菲是我的上司,也是工作室的老板。她比我年长六岁，一米五八，留着波波头，后颈剃得很干净。蒂菲永远在工作室，从周一到周五，日复一日，年复一年，这里就是她生活的全部。蒂菲负责美容和按摩服务。她时常从早8点工作到晚8点，但她并没有因此发迹，她的回报是顾客的满意和满满的预约登记本。

春天，送走客人后，我和蒂菲喜欢在敞开的门口停留片刻。我们品着壶里的咖啡，呼吸着阳光的味道，或者看着过往的行人，其中不乏蒂菲认识的人，而且叫得上名字，比如经常在我们工作室前草地上遛狗的一对女同性恋人，蒂菲会和她们一一打招呼问好。背着书包、运动包的孩子们在草地上流连，扶着助行器的老奶奶踱步而来，上班族拎着购物袋回家，年轻女人推着婴儿车，有时还能看到布鲁迈尔女士，她开着那辆时髦的电动轮椅正要拐弯，迎面吹来的风拂过头发，她向我们招手致意，我和蒂菲愉快地回应，然后接待下一位顾客。我们把门关上，工作继续，就是这样简单。

那是三年前的5月份，一个周三的下午。我正在清理足疗室,把器械从消毒液中拿出来,在卫生间冲洗。距离下一位顾客的预约时间还有20分钟。蒂菲正在她的工作间为昆克女士按摩背部,昆克女士每周都会来做一次按摩。我正要把器械搬回足疗室时,门口响起一阵猛烈的敲门声。我急忙赶到门口,蒂菲也跑了过来,她的手上满是按摩油。我们透过窗看到那对女同性恋,带着两只大狗。她们俩挥舞着手臂,瞪着双眼,嘴巴大张,大狗们扯着狗绳,后腿站立,狂吠不止。蒂菲打开了门。

"叫救护车!"她们喊道。一个女人跳楼了,狗听到撞击声后冲了过去。我们跑出工作室,绕过墙角,狂风呼啸。那个女人就躺在那里,如同一个被丢弃的玩偶,躺在这栋十八层楼的后面,离墙有四五米远,紧挨着一个井盖。我们跑回工作室,我拿起电话,按下急救号码,把听筒递给蒂菲。

"有个女人从楼上跳下去了。"蒂菲喊道,并报了自己的名字和工作室的地址。

昆克女士穿着袜子从里屋出来,快步走着穿上了毛衣。我们三个人跑出工作室。蒂菲指示我们,不要碰任何东西，只拦住路人让他们改道而行。我们就这样在这栋楼的拐角处迎风而立：两个女同性恋、两条狗、昆克女士、蒂菲和我。那个女人离我们大约二十米远，她趴在地上，身体微蜷，一条腿弯曲着。她穿着裙子，没有穿鞋，一只脚怪异地扭曲着。她的T恤上卷，露出了胸罩的扣子，胳膊松垮地甩在身体两侧，脸埋在深金色的鬈发下，面貌不清。她看上去就像睡着了。如果有人从超市购物之后走小路穿过草地，我们会让他们绕到房子前面；如果他们带着孩子，我们会挡住他们的视线。我们一直盯着那个女人，好像我们负有守护她的责任。

蒂菲突然说："她在呼吸！她还有呼吸！"

我有些站不住了。

"也许救护车找不到我们。"我说着跑到马路边，搜寻闪着蓝灯的车辆，一分钟如同一小时般漫长。终于，我看到一辆近似步行速度驶来的汽车。我伸开双臂挥了挥手，救护车司机闪了两下车灯。我引导救护车驶入，医护人员下了车。或许是因为我穿着白衣，他们问我是不是护士，我连忙否认。这时，一辆警车开了过来。一位年轻的女警员问我是否还好，我说没事。警察用警戒带封锁了现场，警戒带后面站着一群围观者。医护人员跪在那个女人身边，仔细检查。我转过身去，避免看到他们的脸，因为很快就能从他们的脸上看到这个女人的结局。年轻的女警员询问了那对女同性恋，并做了记录。那个女人身上被盖上了防水布。一切进展得低调简洁，例行公事。警察要求我们和围观者全部离开，人群也就顺从地散去了。

"再见。"那对女同性恋一边道别，一边带着狗犹豫地离开了。

之后，我的顾客施瓦茨先生如约而至，他是一个大腹便便的画家，脚上满是老茧，皮肤皲裂严重，脖子上挂着一条金链子。我把刚才发生的事情告诉了他，施瓦茨先生说，总有想不开的蠢人，随后说起了他即将去土耳其度假的事。他想在那里晒晒太阳，然后低价整整牙。

晚上，最后一批顾客离开后，我和蒂菲收拾、打扫、记账，然后换好衣服，关上窗户、熄灯、锁门离开。我们来到大楼拐角，警戒带不见了，血迹不见了，好像一切从未发生。我和蒂菲道别，走到车站，转身仰望那栋十八层的大楼。从坠落点来看，她不是从大楼内的房间跳下来的，而是从某个小阳台，任何人都可以通过楼梯间到达小阳台。或者她根本就不是跳下来的，而是被狂风从阳台上裹挟而下？为什么蒂菲认为她还有呼吸？当肌肉萎缩、张力消失、器官停止工作、心脏停止跳动，那是不是回光返照的最后一口气？

在接下来的几天和几周里，我从顾客那里听到了关于女死者的各种信息：她是个俄罗斯女人，还不到40岁，独自住在六层的一间小公寓里，不和任何人接触，也没有和任何人讲过话。很多人都见过她，跛着一条腿，在小区里一瘸一拐地前行。

"她之前跳过楼，"蒂菲说，"没死成，可能跳的地方不够高，所以她的腿才瘸了。"

又是一年5月，鸽子咕咕直叫，兔子奔跑跳跃，微风拂面。预约本还是满满的，蒂菲还是没有发迹。越南人很快就会来采摘成熟的樱桃。我站在工作室门口,眯着眼睛看向太阳,后背紧贴墙根。倒垃圾时,我会绕开井盖四周。遇到那对女同性恋带着狗在草坪上散步时,我会跟她们打招呼,一如往常。

弗伦泽尔女士

马尔灿 - 海勒斯多夫地区大约有 11000 只狗登记在册,在整个柏林一马当先,紧随其后的是赖尼肯多夫地区和施潘道地区。

艾米就是这 11000 只狗之一,今年 7 岁,她的主人是弗伦泽尔女士。弗伦泽尔女士是我的客户,每六周来做一次足部护理。

弗伦泽尔女士已经 70 岁了,总是以蔑视的眼光俯视众生,不会让任何人或事破坏她的心情。她让我想起了刺猬,鼻子坚挺上翘,眼睛炯炯有神,梳着 20 世纪 80 年代的灰色鲻鱼头:长度修剪得恰到好处,头发像尖刺一样竖立,耳周、后脑勺和颈部的头发稍微留长一些。每次见到弗伦泽尔女士时,我总会不由自主地冒出一种想法:她是不是在宠物沙龙理的发,因为宠物沙龙就在附近,除了我们工作室,弗伦泽尔女士也是那里的常客。其实,弗伦泽尔女士从来不去那里给狗剪毛,一次也没有,因为跟她共同生活的艾米是一只短毛腊肠犬。

足浴结束后,弗伦泽尔女士坐在足疗椅上放松休息。她柔软黏腻的脚下粘着浅棕色的狗毛,我将它们择下来。弗伦泽尔女士告诉我,尽管艾米的毛很短,但很浓密。她在浴缸里给艾米洗完澡后,要处理掉满满两地漏的狗毛。弗伦泽尔女士洗澡时,艾米总在她的脚边打转,醉心舔舐她的脚、脚踝和小腿,虽然弗伦泽尔女士感到莫名其妙,但也很是享受。每天早上,艾米都会跳上床舔醒她,最喜欢窝在她的臂弯。然后,弗伦泽尔女士带着艾米去草地开启一天的第一轮散步,她们一天会散步好几次。晚上,弗伦泽尔女士和艾米依偎在沙发上,看电视上的名人八卦娱乐节目。

修剪指甲时,弗伦泽尔女士问我是否知道科斯塔·科达利斯。

"是个流行歌手,"我说,然后哼唱起来,"我在墨西哥某个地方遇到独自一人的她——安妮塔，安妮塔！"

"他把屁股上的脂肪注射到了脸上，"弗伦泽尔女士说，"吻他的脸就是吻他的屁股！"

弗伦泽尔女士露出轻蔑的笑容：她并非对这些知名男性区别对待，而是与一切男人保持距离。弗伦泽尔女士已经受够了男人，按照她的说法，她已经经历了生命中两个男人的下葬。她有过两次婚姻，跟第一任丈夫育有两个儿子，其中一个儿子28岁时死于车祸。第二任丈夫带着一个难缠的养女，但是好在男人不久就去世了，多年后，弗伦泽尔女士对此依然心存庆幸：

"宁养十条腊肠狗，不要一个臭男人。"

我把甲上皮后推，发现左脚大脚趾的褶皱里有一根狗毛，我带着些许发现者的自豪感把它择掉。弗伦泽尔女士的脚上没有多少老茧，磨皮总能很快完成。

我在手掌上抹了一些青柠味的乳液。弗伦泽尔女士靠在椅背上，准备享受按摩，并说起了在利希滕拉德区某个农场举办的超级腊肠犬大会。本来这次大会希望能够集齐666只腊肠犬,打破先前某处集齐601只腊肠犬的纪录。如果办成,将超出之前的纪录65只,载入吉尼斯世界纪录。遗憾的是,在利希滕拉德区只聚集了146只腊肠犬。弗伦泽尔女士刺猬般的脸上洋溢着幸福的笑容,她毫不在意能否创造新的世界纪录。

足部按摩结束,我给弗伦泽尔女士穿上袜子。她指着窗户喊道:"她们三个来接我了!"

我转过身去,波内斯基女士站在窗前,因为镜子反光,她看不到里面,只是茫然地挥着手,她的另一只手上有两条狗链,分别牵着艾米和莱拉。莱拉是一只长腿、苗条的混种母狗,黑色蓬松的毛总是梳理得整齐顺滑。波内斯基女士也是我的客户,虽然已是古稀之年,但头发总是梳得一丝不苟。很显然,她把一头乌黑的艺术波浪卷发托付给了人类美发师打理。

弗伦泽尔女士结账后,我们走出工作室,夏日傍晚的暖风扑面而来,一股喜悦之情在我们每个人心中洋溢：又见到主人，艾米高兴得发狂，尖尖的尾巴晃个不停；弗伦泽尔女士见到她的艾米，同样喜不自胜；波内斯基女士的混种狗莱拉见到艾米的主人弗伦泽尔女士也很高兴；波内斯基女士和弗伦泽尔女士见到对方同样欣喜。多次一起遛狗和共同的爱狗之情，让她们结下了牢固深厚的情谊。

波内斯基女士带来了一则她刚从八卦杂志上读到的消息：一些名人，比如朱莉娅·罗伯茨，会在脸上涂痔疮膏，"据说有一定的紧致效果"。朱莉娅·罗伯茨涂了痔疮膏，面部表情必然会慢慢趋于僵硬，想到这一点，我和弗伦泽尔女士不禁心惊肉跳，一致认为：就让皱纹长在脸上吧。

我俯身看向艾米，那是一张可爱的脸：黑色的鼻子，浅棕色的小嘴，蓬松的眉毛，围着一圈睫毛的眼睛炯炯有神，腿很短。她嗅了嗅我的手腕，我低声说："手上都是青柠味，对不起。"艾米有点害羞，又带着些许责备地看着我，我想起了哲学家格罗斯博士的一句话，他也是我的顾客，有一次他坐在足疗椅上对我说："动物当然会说话，它们只是不想说而已。"

弗伦泽尔女士在艾米的项圈上贴了一个压膜标签——一张迷你身份证：艾米·弗伦泽尔、出生日期、地址、电话号码、标准照。我和波内斯基女士都觉得这张身份证很可爱，弗伦泽尔女士悄悄告诉我们，波内斯基女士的小狗莱拉马上就要过生日了，她也会送给莱拉一张作为生日礼物。

女主人们解开狗链，艾米和莱拉兴高采烈地在工作室前的草地上跑来跑去。她们互相追咬脚跟，翻跟头。莱拉腾空跃起，黑色的耳朵在风中飞扬。艾米像一枚浅棕色的地面火箭一样蹿了出去。我和波内斯基女士、弗伦泽尔女士站在草地边。

两位女主人召唤小狗回来，然后与我道别。她们四个惬意地穿过住宅区。高挑纤细的波内斯基女士走在左边，牵着细长黝黑的莱拉；顶着刺猬头的弗伦泽尔女士和短毛腊肠犬艾米走在右边。

波内斯基女士预约了下周三过来修脚。那时，弗伦泽尔女士将会照看波内斯基女士的混种狗。足疗结束后，弗伦泽尔女士、艾米和莱拉就会站在工作室的玻璃窗前，等着波内斯基女士。工作室门前又是一番热闹景象：莱拉见到主人之后高兴得发狂，使劲摇晃着毛茸茸的黑尾巴；波内斯基女士见到莱拉同样喜不自胜；弗伦泽尔女士的短毛腊肠犬艾米也会因为再次见到莱拉的主人波内斯基女士而欢喜；弗伦泽尔女士和波内斯基女士也会因为再次见到对方而欣喜。然后，她们再度解开狗链，艾米和莱拉兴高采烈地在草地上奔跑。

晚上下班回家后，我在谷歌上搜索"如今的科斯塔·科达利斯"，看着弹出的可怕照片，我想起了艾米可爱的脸庞。然后我搜索了"腊肠犬的预期寿命"。与其他犬种相比，腊肠犬的寿命相对较长。如果养护得当，可以活十五年。

霍伯纳先生

我的大多数客人都是常客，每隔四到七周就会光顾一次。随着时间的推移，我逐渐熟稔这些客人的性格、怪癖、人生故事和命运。我喜欢与他们交流，知道如何接待他们，每隔几周看到他们平安无恙，我总是无比欣慰。由于定期护理，老顾客的双脚状态都不错。

时不时也会有流动顾客上门：有些客人腿脚不便，但因为鸡眼疼痛、指甲内生或在家中自行修脚导致出血等严重后果而被迫来到我们工作室；也有从外地来的客人、拿着优惠券的客人，以及急需暂时保养双脚的客人（疗养度假、住院、交了新女朋友）。初次修脚满意的话，流动顾客有时能变成常客。

我的老板蒂菲把第一次来我们工作室的人称为新客户。每当有新客户上门，我都在心中暗自打赌：新客户会续约吗？会给小费吗？会不会带着歉意解释几句？在最后一个问题上，我总打赌客人会，而且屡赌屡胜。不管是建筑工头还是自命不凡的文身男，不管是孕妇还是老妇人，不管是头脑简单的家伙还是满腹诗书的学者，真的，每个人第一次在足疗室脱掉鞋袜时都会为自己的脚客气几句。双脚状态如何根本不重要，修脚对新客人来说新鲜又陌生，这种接触又有些过于私密，尴尬随之而来，便体现在了礼节性的客套话上。

一个周三的上午，我在预约本上看到了霍伯纳先生的名字。

"你认识他吗？"我问蒂菲。

她摇了摇头。

"新客户，"她说，"有点古怪。他妻子陪他来预约的，看来家里他妻子说了算。"

下午3点，霍伯纳先生站在门前，他年过五旬，体态臃肿，一件灰色连帽衫松松垮垮地挂在身上,下身穿着一条宽松的灰色运动裤。他透过窗户看了一眼,明显有些不情愿。一旁站着他丰满的妻子,身穿黑色长袍,一头蓬乱的鲜红色长发;另一旁站着一个年轻的女孩,单薄瘦小,长着一张苍白而扁平的脸,毫不起眼,唯一明显的就是一双用黑色眼线笔勾勒过的眼睛。她可能是霍伯纳先生的女儿。我打开门,热情地向他打招呼,但他并不想和我握手,而是躲到了妻子身后。妻子和女儿一起哄他,无果,于是两人合力把如同瘸腿老马般的他推过了门槛。霍伯纳先生不安地环顾四周,用怪异的眼神看着我。我请他们坐下,着手准备足浴。回来后,我向他们说明,足疗大约需要一个小时。在这段时间里,女士们可以在这里等待或外出做些别的事情。母亲说:"我们留下。"女儿点了点头。我请霍伯纳先生跟我到足疗室,除了他,其他两人也跟着起身,排成一列尾随。我解释说陪同人员最好在外面等候,但两人并没有因为我的话或足疗室狭窄的空间无处可坐而动摇。她们坚定地站在那里,用行动告诉我,我不应该插手自己不了解的事情。我请霍伯纳先生坐到足疗椅上,他转了一圈才犹豫着坐下,好像怕椅子脏。我摆正足浴盆,霍伯纳先生脱掉了鞋,与其说是脱鞋,其实是把鞋从脚上甩了下来。那是一双黑色的洞洞鞋,早已破旧变形。一股动物世界般的气味扑面而来,我一直试图抹掉头脑中对这种气味的记忆。于是我明白了为何霍伯纳先生寒冬酷暑都赤脚穿着这双橡胶拖鞋,他的脚会立刻毁掉穿上的任何袜子,也穿不了任何封闭式的鞋子。霍伯纳先生勉强愿意把脚放进水里,他轻声呜咽,像一只受委屈的狗一样看着妻子和女儿。两人再次哄劝安慰,鼓励他面对接下来的艰难时刻。我看明白了:在他眼中,我非但不是帮助他的人,反而是敌人。当我戴乳胶手套时,总觉得少了点什么,原来是客气话。所有的客人中,他的双脚状态可以说是最差的,但他没有任何礼节性的开场白,他的妻子和女儿也没有说什么,甚至连要求也没有提。她们一言不发地站在足疗椅的左、右两边,中间是呻吟呜咽的霍伯纳先生。

足浴后,我在探照灯下仔细观察霍伯纳先生的双脚。

"您丈夫已经很久没有剪脚指甲了。"我一边给双脚大面积消毒，一边对那位胖女人说。

"他不是我丈夫。"胖女人笑了出来，面露不悦。

"那他也不是您父亲？"我对扁平脸女人说。

"不是。"扁平脸女人翻了翻眼皮说。

我从柜子里拿出一把最大的钳子。脚指甲有几厘米长，只能分段剪掉。我用尽全力，从凳子上站了起来，以便发挥钳子最大的杠杆作用。霍伯纳先生的呜咽声更大了，好像我要抢走他最珍贵的东西。胖女人冷漠地轻拍着他的小臂，扁平脸的女人也跟着不时轻拍几下。胖女人说着"一会儿就好""没那么糟"；扁平脸女人跟腔说"是的是的"。同时，她们皱着鼻子看了一眼他的脚，满脸厌恶，虽然没让霍伯纳先生看见，却没有躲过我的眼睛。她们的眼神告诉我，她们觉得，肯定是我的生活出现了变故，才愿意用这种令人厌恶、汗流浃背的方式赚钱。

我切掉了最厚、最硬的部分，并涂上了角质软化剂，指甲边缘的硬皮变得服帖。我从托盘中拿出探针按压，霍伯纳先生又发出一阵呜咽。我暂停手上的动作，放下探针，依次看向三人，先是那个嚼着口香糖的扁平脸女人，然后是那个偷瞟手表的胖女人，最后是霍伯纳先生。我把目光定格在他身上，仔细地审视着那张臃肿的脸和闪亮的双眸。我确信，他不可能像看上去那么老。一阵短暂的沉默。

"亲爱的朋友们，"霍伯纳先生的一声呼喊打破了沉默，"如果没有你们，我永远不会来到这里！"他左顾右盼，抓住两位女伴的手，按到自己胸前："我不知道该如何感谢你们！我只希望你们能喜欢我特意为你们烤的蛋糕！"女人们把手抽回来，再次轻轻拍了拍霍伯纳先生："好了""你真好""味道一定不错"。

我继续工作，从褶皱处去除了大量角质，然后用一把较小的钳子修剪，再用角锉处理细节。我还清扫了霍伯纳先生剪掉的指甲。三人一边聊着蛋糕的事，一边用余光观察着我的举动。此时此刻，我觉得霍伯纳先生也对我的工作心生厌恶。

"再见。"那个胖女人突然说。"再见。"扁平脸女人应声附和。两人就像接收到命令一样,转身离开了足疗室。

"明天见,亲爱的朋友们!"霍伯纳先生在她们身后絮絮地说,"快去享受给你们做的蛋糕吧!"

工作室的门砰地关上了。

"她们要去哪儿?"我惊讶地问,"还没结束呢。"

"下班时间到了。"霍伯纳先生说,神态明显放松了不少。他在足疗椅上换了个舒服的姿势,不时跷起二郎腿。我看了看墙上的挂钟:3点半。

"社会服务,"霍伯纳先生说,"瘦子是胖子的学徒。"

我用最粗的刀头和最高的转速开始打磨甲面。霍伯纳先生没有抱怨,也没有忸怩作态,他甚至都没有关注我嵌入刀片的举动。当我从他的脚后跟刮下厚厚的老皮时,他不无自豪地向我讲述了他的人生逸事。他什么也没学过,从未工作过,从十几岁起开始酗酒。他在一间预制板房里浑噩度日,垃圾太多,堵住了通向床的路,他就直接睡在扶手椅上。当阳台上的垃圾溢出栏杆时,邻居们怒气冲冲地报了警。于是,霍伯纳先生开始接受心理学家、治疗师和社会工作者的帮助,发誓改过自新,住进了为瘾君子提供的照护住宅。"每隔一段时间,我都要去自助小组,聊上几句,有时去办公室办些手续,除此之外就没什么了。看看电视,晒晒太阳,见见朋友。"

"还有烤蛋糕。"我说。霍伯纳先生摆摆手。

"我不吃蛋糕。但姑娘们需要认可,所以我才努力做的。"

这时,我已经用锉刀磨平脚后跟,在脚上涂了护理膏,把足疗椅降下来,并把腿托折叠起来。霍伯纳先生换上他那双脏兮兮的洞洞鞋,趿拉着跟在我后面,来到收银台,他需要支付22欧元。

"真够贵的,"他说着向我眨了眨眼睛,"好吧,那又怎么样呢,反正都是国家出钱,不是吗?"

我鼓起勇气问他,为什么社工不给他剪脚指

甲，或者他自己为什么不剪一剪？他说："合同里没有这一条，我也不能奢望我女朋友这样做，我很抑郁。"说完，他慢慢走出工作室，没有道谢，没有道别。

新客人欧文·弗里切

马尔灿并未逃脱柏林门牌号码混乱的魔咒。这里的街道向住宅区延伸出多条支线。我们工作室所在的街道分成两条路，一条在楼后，一条在楼前。这条街道绵延 1.5 公里，只有 55 个门牌号，因为其间分布着广场和绿地。经常有不熟悉路的人在工作室前的草地上徘徊，寻觅门牌号为 30 的医疗中心。我们工作室是 32 号，距离医疗中心步行约 2 分钟。简单来说，要去那里，你必须在两条半圆路线之间任选一条，但任何一条路线都不经过 31 号楼。

下午 2 点 10 分，传来一阵急促的敲门声。我打开门，门口站着一个满脸焦急的男人，身形矮胖，戴眼镜，秃头，挎着布包，身穿彩色格子衬衫。他抱怨说,差一点"找不到这里"。他按着门牌号找,但走错了方向,所以才迟到这么久。

新客人对这个地区并不陌生。电话预约时,他说在这附近已经住了二十年。他是在八周前预约的。当时,我问他的电话号码和姓名,他说:"我叫欧文,欧文·弗里切。"他大概反复七次跟我确认:"修脚,你真的可以,是吗?"我被他的质疑逗乐了,以为他不会来。也许他早已找到了另一位足疗师,或者放弃了。

现在,他坐在我面前,裤腿卷起,双脚泡在水里。他有些语无伦次,我宽慰他说时间足够,虽然找路有些波折,但是其他一切都很顺利,他终于喘了口气,平静下来。我八周前提醒他带上毛巾,他竟然真的随身带着,让我大吃一惊,他也因此得到了我的赞许。

我把他的脚擦干,他的脚肥硕结实,我把这种脚统称为土豆脚。我一如既往地听到了描述双脚的客气开场白:"足疗师把我的大脚趾修坏了,我几乎走不了路,必须处理一下!"

现在我明白他为何在电话里透露出不信任了,他害怕再次受伤。我升起足疗椅,在探照灯下观察,我看到大脚趾内侧褶皱处有两道干净、愈合得非常好的伤口。

我问道:"足疗师什么时候给您修剪的?"

他说:"四周前。"

这绝不可能。

我还注意到脚指甲有被剪过的痕迹,虽不美观,但还说得过去,每个脚指甲都被剪了三刀,形成三条直边。目测是两三周前剪的,我问他是不是自己剪的。

"不是,我够不着。是一个朋友帮我剪的。"

他说,这位朋友非常在意他,但他不愿意接受她的帮助,因为"她48岁,我73岁。终归不合适"。当然,向他伸出援手的女人从未断过,大多数都是年轻的女人。他一直都和这些年轻女人相处得很好,而从未对年长的(或同龄的)女人产生过好感。例如,在康复中心,"一个热衷于社交的老太太"总来敲他的房门,"她想叫我去打牌"。但欧文·弗里切并不想和老年人打牌,而是喜欢跟年轻的理疗师调情。

"是什么康复中心?"我问道。

"我得过……"他说到一半顿住了。我把目光从脚趾移到他的脸上,眼镜镜片放大了他的眼睛。

"我得过心梗,还有中风。"

他的眼睛告诉我,他勉强想起了刚刚说出的这些病症,但已然忘却这些字眼的含义,从自己口中说出后,眼中满是难以置信。

"我都经历过了。"他说,或许他只是觉得,这些经历令人不悦,一切不复从前。

我没有问他是什么时候得的病,而是询问他糖尿病和稀释血液的药物的情况。

"我不知道。那么多药片,我也听不懂医生的解释。他们说这是阿尔茨海默病。"

又是一个可怕的字眼。他看着我,透过镜片的双眼显得格外大,眼神中透露着困惑、羞愧、寻觅。他正在慢慢遗忘。当他意识到记忆盲点时,头脑中的坐标系就会摇摆不定,内心泛起波澜。时间轴在他的脑海中不停打转。

所以他才会在找不到工作室时如此焦急不安，所以他才声称四周前足疗师搞砸了他的大脚趾，所以他才对接受年轻女性友人的帮助有所顾虑。他可能已经在电话旁边专门安放了记事本，记下了今天的预约以及要带毛巾的事。

我无法帮助我的新客户走出难以逾越的困境，但我可以把剪成直边的指甲修成圆形，把话题引到他熟悉的领域。

"您的职业是什么，弗里切先生？"

年轻的欧文·弗里切来到腓特烈城皇宫剧院求职，"那时还在旧址，就在希夫鲍尔达姆街上！后来被拆除了"。他向门卫说明来意，然后被放了进去，敲开了剧院经理的门。经理让他做灯光师学徒，录用了他。灯光师生涯由此开启，他爬上长梯，在高处安装舞台聚焦灯，更换镜头前的滤色镜片——绿色、红色、紫色、黄色，让舞台闪耀着五彩缤纷的魔幻之光。他对剧院经理和剧院的演出赞不绝口。突然间，我觉得他将军肚上的彩色格子衬衫就像是对过往美好的追忆，像是直接从《七彩舞台》（东德电视台的一个娱乐节目，经常在腓特烈城皇宫剧院录制）中拿来的。

他接触过名人吗？当然！他近距离接触过迪恩·里德、维罗妮卡·菲舍尔、米歇尔·汉森和南希合唱团；还有来自国外的艺术家兹苏扎·孔茨、伊日·科恩、邦妮·泰勒。Boney M 乐队、米尔娅姆·马科巴、米尔瓦。还有弗兰克·舍贝尔，他真的不错，欧文·弗里切对他无可指摘。那赫尔加·哈内曼呢？"别提了！她不怎么样。只要她打算排练，无论何时，所有芭蕾舞姑娘都必须立即离开芭蕾舞厅。"赫尔加·哈内曼并不令他心动，他倾心于那些排成一排的芭蕾舞团姑娘，这也是剧院的一大特色。她们长腿、长颈、长发，又小又胖的欧文置身其间。他会讨女人欢心，很受姑娘们喜爱。他没有故作神秘和大男子主义的姿态，是一个可爱、善良、可靠、风趣、迷人的男人。

变得光滑的脚后跟，轻柔的足部按摩，欧文·弗里切很是享受，不仅毫无痛感，而且双脚变得美观。明天女性友人再来看他时,他打算让她看看自己保养后的双脚。她或许会说:"欧文,看起来真不错。"然后抚摸两个"半球"——先是头,然后是肚子。至少我会这么做。

"您如珍珠般出色。"他对我说。

我骄傲地点点头,把自己归入扶助欧文·弗里切的年轻女性行列,如果把他生命中结识的女性比作珍珠,我也成了这串珍珠项链上的一颗。

结账后,他要预约下一次足疗,我把预约日期写在小卡片上交给他。他在钱包里翻找许久,最后拿出一枚大硬币给我:"装着它,就永远不会身无分文。"这是一枚1973年的东德硬币,面值20马克,是印有奥托·格罗提渥头像的纪念币。

他在门口道别,然后停顿片刻寻找方向,转身向右走去,手里提着布袋。他边走边摇晃,如同他头脑中的坐标系。

如果马尔灿的门牌号码排列得不那么混乱,或许会对他有所帮助。比如门牌号如同腓特烈城皇宫剧院著名的芭蕾舞队列,64条长腿舞动,普鲁士式精准,颇具美感地均匀排列且动作固定:向右,向左,向右,向左……六周之后,欧文·弗里切会来吗?他能找到工作室吗?概率一半一半。

诺尔母女

我和弗洛克站在工作室门前,边抽烟边等客人。弗洛克是我的同事,专做美甲设计。她留着一头红色的蓬松短发,每天戴着不同的漂亮耳环,慈母般丰盈的身材,让我忍不住想抱抱她。

在加入我们工作室之前,弗洛克在餐饮业工作了几十年,在柏林做酒吧吧台服务员。她的低沉烟嗓就源于这段经历。出于髋关节、膝盖和双脚的原因,弗洛克无法继续在吧台站上十几个小时,于是她另谋出路,学习了一门可以坐着工作的手艺。转行初始,挫折不断。有一次,她给一位顾客涂美甲胶时,大发脾气喊道:"这鬼东西怎么贴不上啊!"顾客吓得跑开了。

渐渐地,弗洛克根据服务行业的理念调整了自己的话术，重新夺回美甲桌上的主动权。女人们安安静静地坐在她面前打着呼噜，温顺地伸出小手，脸上的幸福表情与之前她在酒吧吧台见到的男人无异：他们的嘴唇贴在啤酒杯上，嘴里喝着酒，眼睛盯着弗洛克的胸。弗洛克以前在吧台听客人的故事，现在也在听客人的故事，即使这些故事已经被翻来覆去地讲了十二遍，她也能耐心平静地听完，像一个容器一样吸纳客人的真言，不向外透露半句。我喜欢和弗洛克一起休息，在她身边我感到舒适惬意。

我们掐灭了香烟，正巧看到诺尔母女摇摇晃晃走来。诺尔夫人弓着身子伏在助行器上，吃力前行。硕大的夹克衫在她瘦小的身体上晃荡，长长的袖子遮住了手，皱巴巴的长裤裤脚堆在鞋子上。诺尔夫人的衣服太大了，她最多有40公斤重，是我们最年长的顾客，今年已经96岁了，但看上去足有106岁。

她身旁的女儿兴高采烈地跟我们挥手，向我们奔来，双手环抱，亲吻致意。我们也同样热情回应。母亲静静地站在女儿身边，依旧低着头，就像一只拴着的宠物。我们小心翼翼地向她示好，她露出笑容，但是仿佛在告诉我们，她笑与不笑并不重要。

弗洛克打开门，母亲试图把助行器推过低矮的门槛，但没有推过去。女儿抓过把手，把车重重地推了过去："你直接进去！"

进屋后，我帮诺尔夫人脱掉外套。她穿着一件黄绿色、灰色相间的花纹上衣，上面有金色纽扣，布满皱纹的细脖子孤独地露在高领外。诺尔夫人为这次外出精心打扮了一番。我轻轻拿下她头上的小帽子，不禁吓了一跳：脑门上有一大块暗红色的痂，周围是剃光了头发的头皮和一些残存的白发，如同婴儿的胎毛一样竖起。

我和弗洛克异口同声地问："诺尔夫人，你的头怎么了？"

"飞出去了，被阳台门槛绊倒了，卡在了晾衣架上。"女儿把手放在母亲一团糟的头上，像是抓着一把胡萝卜叶，伸出两根手指比画她是如何用剪刀剪断母亲的头发的。诺尔夫人站在那里,像儿童剧场里断了线的蔬菜木偶。

弗洛克把扶着助步器的诺尔夫人领到美甲台前,我把椅子推到她瘦小的身躯下面,她的臀部已经看不出来了,窄窄的肩膀,后背已经完全变形,驼背严重。

当我端着足浴盆回到门口时,诺尔夫人的女儿正在左顾右盼。她往裤兜里塞了几张名片,然后跑到饮水机前接了一杯水。她拿起桌上的彩色报纸,又放下,然后跟在我后面,还不忘从玻璃碗里拿两颗费列罗巧克力。

来到足疗室,诺尔夫人的女儿坐到足疗椅上,脱掉鞋袜,猛地把脚放进水里,然后细细打量着护理膏和瓶子。

"有什么新项目吗?"诺尔夫人的女儿直接问道,但她从未向我介绍过自己,我至今也不知道她的名字。

她的脚很脏,尽管园艺时节已经结束。她声称自己常常洗脚,但我知道她在撒谎。事实是,诺尔夫人的女儿认为自己既然付了钱,就不应该为我减轻工作。我当然会做自己的本职工作,每个顾客在这里都会得到同样的待遇。但我不像平常跟别的顾客一样与她闲聊,我默默地工作着,有一搭没一搭地应付诺尔夫人的女儿对自己恼人母亲的抱怨,她说她的母亲可悲地装病,故意装作虚弱无助的样子,她的视力和听力比我们想象的要好得多。

与母亲不同的是,她不太注重穿衣打扮,罩着一件老式的宽松针织毛衣,里面一如既往地没有戴胸罩。她以前是个养牛人,蓬乱的头发草草染成了金色,其间掺杂着些许灰白色的头发,脸上的皱纹满是贪婪的痕迹。尽管如此,75岁的她依然精神矍铄、神采飞扬,看上去跟我和弗洛克年龄相仿。尽管双手发颤,她还是试图拆开手里的费列罗巧克力包装。我注意到了她的困境,但我并没有施以援手,我手头也有忙于处理的事情:她的脚指甲已经长得乱七八糟。在她充满怀疑的目光下,我从皮肤褶皱和袜子绒毛与其他东西黏合的黑色不明物中打磨出大量的死皮。

弗洛克压低的声音从隔壁传来:"指甲又裂开了吗?"不幸的是,诺尔夫人的女儿也听到了,她扯着嗓门抱怨说,她已经警告过母亲无数次了,不要用指甲抠铝箔餐盒盖,但母亲就是不听,什么都用指甲抠,尤其是抠她刚结痂的伤口。诺尔夫人一言不发,弗洛克也没有说话。我也陷入了沉默。

诺尔夫人的女儿脚上厚厚的老茧终于被清理掉,我已经满头大汗。她又要求做一次药膏护理,全部完成后,我和弗洛克互换顾客。诺尔夫人的女儿去美甲,诺尔夫人来修脚。

当弗洛克把诺尔夫人带到我面前时,我跟弗洛克交换了眼神,我们可以通过眼神进行无声的交流,而顾客全然不会察觉。

我让诺尔夫人坐在足疗椅上,脱掉她的鞋袜,卷起她过长的裤腿。诺尔夫人总觉得冷,于是弗洛克用毯子把她包裹起来。我拿来一个新的足浴盆,把她的两只小脚放进温水里,她的两只小脚布满蓝色和红色的宛如大理石一般的花纹。我拆开了一块费列罗巧克力。

"巧克力。"我抚摸着她的脸颊,轻声说道。要接近一个脸盘大小宛如新生婴儿的人,最好的办法就是通过声音和身体接触。诺尔夫人喉咙挤出嘶哑声,满是喜悦,张开小嘴,"嗖"的一下,巧克力进嘴消失了。我擦干她的双脚,升起足疗椅,把腿托打开,而不必拉长腿托,因为我的客人太袖珍了。她一动不动地坐着,带着结痂伤口的头微微向前垂着,眼睛像两个红色的深坑。她注视着我的一举一动,既不想打扰也不愿错过。她放在毯子上的双手经过弗洛克的按摩闪闪发亮,指甲被锉成漂亮的椭圆形。手指微微弯曲并拢,大拇指紧贴着食指。诺尔夫人的手让人想到摔出巢的死鸟的爪子。我打开修脚器,她抬起头模仿道:"轰隆轰隆。"

诺尔夫人的女儿住在马尔灿老城区一栋带花园的房子里,养了一条狗。而母亲则被囚禁在邻近一栋预制板房里,她不能独自离开这个只有一个房间的公寓,甚至连阳台都不能去。女儿诺尔每天都会过来,之后再把母亲锁在屋里,把钥匙放进自己的裤兜里。诺尔夫人余生都活在等待中：等待死亡，等待完全依赖他人的终结，等待女儿的出现，但又可能最害怕女儿的出现。诺尔夫人一定曾用指甲抠自己，以求早日解脱。

修脚器停止运转，房间安静下来。我听到隔壁传来的声音，弗洛克在和诺尔夫人的女儿谈论食肉植物。刚认识不久时，弗洛克犯了一个错误，她好心地送给诺尔夫人的女儿一盆食肉植物，就是她窗台上摆的那种猪笼草，从那以后，食肉植物就成了必谈的话题。

因为每天被关在家里，诺尔夫人脚上没有老茧。我放下磨砂板，鼓起勇气大声说："诺尔夫人，您以前做什么工作？"我面向她，让她能够看清我的嘴型。诺尔夫人愣住了，绷紧了脸。她已经忘记了如何与人谈话，但现在的她在尽力尝试。

"工业采购。"她说着，上半口假牙"吧嗒"一声掉下来，和她的衣服一样，这副假牙对她来说已经太大了。她迅速闭上嘴巴，把假牙接住。

"她之前在利华灯具厂。"隔壁突然传来声音。

我吓了一跳，然而诺尔夫人毫无反应，她只是停了下来，就像一个发条即将耗尽的机械玩偶。

我握住她的左脚，从跖趾关节均匀地按摩到脚背直至脚踝。一切都是如此纤细娇嫩，以至于让人担心被折断。基于多次按摩经验，我发现大面积的按压比针对某个部位的按压更能让人感到愉悦。我始终保持一只手放在脚上，以免让客人以为按摩已经结束。我有充裕的时间，于是保持着适度的节奏。突然，诺尔夫人用清脆嘹亮的声音喊道："舒服！"接着连声说道，"舒服啊！太舒服了！"

来到门口，我帮她穿上外套，然后拉上拉链。诺尔夫人视力不好，自己拉不上拉链；诺尔夫人的女儿因为手颤也难以做到；弗洛克因为膝盖不好也蹲不下来。但我可以蹲下来，戴上眼镜，帮诺尔夫人拉上拉链。

诺尔夫人要小便，她推着助行器转头向厕所走去。诺尔夫人的女儿大声咆哮："你也不早点去！你都穿好衣服了！"我让她陪母亲去厕所。

"她自己能行！"

诺尔夫人的女儿不但不帮妈妈，反而开始跟我和弗洛克拥抱吻别。我们尽力回应，牢记服务的理念。

诺尔夫人上完厕所回来，向我和弗洛克道谢。我们向她道别，并祝愿她的头早日康复。弗洛克打开门，诺尔夫人推着助行器艰难地跨越那道低矮的门槛。

诺尔夫人的女儿大声呵斥："快出来！"

我们目送母女二人离去。诺尔夫人的女儿转过身来，龇牙笑着向我们挥手。我们也挥手回应。

"打个赌，她会把护理津贴吞掉吗？"弗洛克边说边擦去诺尔夫人的女儿留在她脸颊上的湿吻。

"她抖成这样，你怎么给她做指甲？"我说。

"抓紧她的手。"弗洛克说。

宽大衣服下的诺尔夫人扶着助行器蹒跚前行，从后面只能看到驼背。"轰隆轰隆""工业采购""太舒服了"——这就是我与诺尔夫人的全部对话。

回到工作室，弗洛克给美甲台消毒。我把足浴盆端到卫生间。倒水时，我发现马桶堵住了，水已经漫到了马桶边缘。看来诺尔夫人遇到了点小麻烦,我把弗洛克叫过来。她查看了一下,走进厨房,拿了一只大橡胶手套回来,戴到肘部,然后把手伸进马桶深处,她掏出一个大号尿不湿,随后把它装进垃圾袋扔掉。马桶通了。

"天啊!弗洛克,"我说,头轻靠了一下她的肩膀,"你是个英雄。"

弗洛克摘下手套:"抽根烟?"

我们走出门,点上火。弗洛克吐了一口烟,仰望着高楼大厦,耳环闪闪发光。她自顾自地讲述起来。

在酒吧工作期间,她清洗厕所不下上千次,一般都是在打烊之后。但某些客人如厕后她会马上带着清洁剂和室内喷雾过去,保证厕所还能继续使用。弗洛克什么场景都见识过:墙上的大便、布满尿渍的垃圾桶、满水槽的呕吐物。她曾戴着橡胶手套捞假牙,还捞过玻璃眼珠,但都徒劳无功。弗洛克在酒吧工作时,还有一个戴木头假肢的常客劈裂了好几个厕所盖子。没人知道他是怎么做到的,也没人知道他为何如此。有些客人造成破坏后，懊恼地在柜台上塞给弗洛克一张纸币，拜托她去打扫。弗洛克说，最糟糕的是那些留下烂摊子之后一走了之的人。他们往往收入颇丰，有丰富的存酒，但很少给小费，甚至不给。而那些手头拮据的客人反而会给小费，并帮助弗洛克把啤酒桶运到地窖里，把饮品通过陡峭的楼梯送上楼，不时清理烟灰缸，收拾花园里的陈设，凌晨打烊后把椅子扣在桌上。辛苦的体力活只为换来一杯烈酒。弗洛克喜欢这些穷困潦倒的酒徒，他们彬彬有礼，因为酒吧就是他们的家，弗洛克如同他们的妈妈，他们第二天还来，第三天同样。

电话铃响了，弗洛克掐灭烟头，匆匆跑进屋里。我透过玻璃看到她微笑着报出工作室和自己的名字。虽然我听不见，但我知道弗洛克秉持服务精神，必定把她那低沉的烟嗓提高了八度。她夹着听筒消失在我的视线中，走进了放预约本的收银室。

我想我明白弗洛克为什么这么重视消毒和装饰了。她要干净，要漂亮，要精心布置她的公寓、我们的工作室和她自己。她给客人做的美甲五颜六色、金光闪闪，或许有人觉得夸张庸俗，但有时这个世界的美就汇集在这一枚指甲上。

弗里茨

马尔灿有个著名景点,每年吸引约 1500 名游客:空中走廊——一个特殊的金属建筑。

景点位于拉乌尔 - 瓦伦贝格大街 40/42 号,是一座双塔楼,乘坐电梯从底层来到顶层 21 层,然后沿着台阶向上攀爬,离开巨型塔楼,继续攀爬悬浮的网格台阶到极高处,其间可以俯视脚下,望向深处,恐高的人最好不要尝试。到达屋顶后,会看到一个观景平台。漫步在 70 米高空的马尔灿长廊,俯瞰恢宏景观,高楼大厦林立,树冠穿插其间,整个城市尽收眼底,包括电视塔、米格尔湖和舍讷费尔德机场等。云朵在天空中飞舞,勃兰登堡州无限辽阔。

弗里茨就住在那里,住在那栋塔楼里。

弗里茨第一次来时已经 65 岁了，刚刚退休。我那时 45 岁，刚刚开启足疗师生涯。弗里茨是被妻子劝来的。他穿着牛仔裤和运动鞋，看上去很年轻，一点也不像退休老人。他有些羞涩，充满魅力，身上散发着好闻的味道，他真诚地向我解释自己双脚的情况，觉得自己算是个难以处理的情况，已经做好了被足疗师劝退回家的心理准备。但我看到后，立刻爱上了这双脚。

弗里茨的脚形状匀称，颇具古典美感：脚踝稳固，脚跟圆润结实，足弓纵向呈古典式弯曲。即使在冬天，皮肤仍然呈古铜色。皮肤之下，跖骨的肌腱在宽阔的前脚掌上呈扇形分布，形成肌肉发达的脚趾。脚步稳健，充满力量，堪称完美。

但他的脚指甲增厚，有的像泡发的扁豆一样呈深黄色，有的则因干燥断层呈现白色。我在培训中了解到，这种趾甲被称为木质化甲，严重的被称为凸甲。弗里茨已经很久没能修剪脚指甲了，尽管他可以毫不费力地够到脚趾，但是家里没有相应的工具。

弗里茨的脚指甲之所以多孔增厚，是由于长期穿着笨重、带钢趾盖的安全靴造成的。他是一名专业的塑料和橡胶制品工人。东德时期，他曾在利希滕贝格一家生产鱼竿、花盆和蛋杯的企业工作。两德统一后，弗里茨预感这家企业可能很快倒闭，他在西柏林闲逛，发现了一家生产颗粒材料的公司，随后求职并被录取。在赖尼肯多夫，弗里茨穿着工作靴和防护服，戴着耳罩和面罩，度过了他工作生涯的后半程。锅炉矗立在车间，颗粒材料的添加剂通过巨型管道输入，加热到130摄氏度后进行合成。热浪滚滚，声音嘈杂，粗暴的生产流程，喊叫着的工人们。稍有不慎，颗粒材料就会在几秒钟内熔化，硬化成一坨塑料块。虽然设定八小时一班，但用风动锤打碎冷却后的材料，然后将其从锅炉底部取出，这些时间根本不够。

起初由于缺乏经验，我给他修脚时非常小心。随着对弗里茨和他的双脚越发熟悉，我的操作也越发果敢。我选取了更粗的刀头插入机器，设定更高转速。我打开机器，开始切割打磨，心中升起一股小小的好胜心。弗里茨并不娇气，他让我慢慢来，我们闲聊说笑，同时把他的凸甲打磨平整。他总是给我丰厚的小费，有时还会偷偷地吻一下我的手告别。经过多次处理，弗里茨的双脚重现光彩。我将其暗许为我的得意之作。

有一次，弗里茨从家里带来了一张1973年的发黄剪报。在这张纸质粗糙的黑白照片上，一个肌肉发达的男人站姿稳健，双臂向两侧伸展，肩颈壮硕。男子额上顶着一根长杆，变换重心保持平衡。在高处的长杆末端，一个纤细灵巧的女人，身着薄如蝉翼的亮片服装，正在弯腰劈叉。粗脖男人和优雅女人就是弗里茨的父母。弗里茨出身于一个艺术家庭。他的父亲一生跟随马戏团巡回表演，终日训练，在置于额头的长杆上标刻数字。长杆是他父亲特别定制的，额面连接处结构特殊，长杆整体由金属制成。长杆另一端表演的女人多次更换：弗里茨的母亲后来被他人接替，之后父亲又和自己的女儿，也就是弗里茨的姐姐一起完成顶杆表演。他的父亲一直在马戏团工作到70多岁，身体健康，活到了 90 岁。由于父母流动演出，弗里茨基本上跟着奶奶长大。后来，奶奶建议他学一门正经职业。

我能想象到年幼的弗里茨站在马戏团的幕布后面，看着自己的父母。他的父亲，紧绷的身体保持着长杆的平衡，目光紧盯着空中的女人；母亲则在令人眩晕的高度以最专注的姿态完成动作，优雅而高不可攀，堪称一场视觉盛宴。

弗里茨谈到了父母的巡回马戏团，谈到了在祖母身边的童年，谈到了化工厂的轮班工作。我用打磨板给趾甲抛光，因为发痒他不禁咯咯直笑，尽量控制住身体不乱动。弗里茨某些地方比较敏感怕痒，这可能只有我知道。脚后跟打磨得很光滑，我笑着问他要不要继续。"被美女折磨，我心甘情愿。"他低声说。我放慢了足部按摩的节奏，关上门并调暗了灯光。这一次，我破例摘下了乳胶手套。我抚摸着这双美丽的脚，感受着温暖的肌肤，低头注视，我的手追随着双脚的古典美造型。我放慢了一切，双手缓缓交替，专注虔诚地按摩。我感受到弗里茨的注视，听到了自己的呼吸声。给弗里茨按摩双脚时可以一言不发,那是一种积极又暧昧的沉默。

我依依不舍地结束了足部按摩,然后抬眼望向弗里茨那张调皮又放松的脸和梦幻般的双眸。"唉,如果我年轻20岁。"弗里茨说。我无言地微微一笑,心中泛起波澜。

弗里茨没有继承他父亲的事业,不再头顶长杆进行杂技表演。弗里茨学成后从事一份普通工作。他有妻子、儿女和孙子孙女,还有一处度假屋和一条狗,每天遛狗几个小时。他身体硬朗,也许是继承了父亲的好体格。也许他还继承了父亲极具美感的双脚和稳健的步伐。最近,弗里茨的儿子结婚,弗里茨惊讶地发现,他根本不用买新西装,因为衣柜里那套二十年没穿的西装依然合身。我真想看看弗里茨穿西装的样子,而且最好赤脚。

度假屋、家庭庆祝、孙子孙女和狗根本填不满弗里茨的生活,这也是他喜欢来修脚的另一个原因。修脚是他一天中最重要的事情,自从弗里茨不再工作,他最大的敌人就是无聊。

为了打发时间，弗里茨每天都要在拉乌尔-瓦伦贝格大街40/42号爬楼梯，从一楼跑上他居住的15楼，几百级台阶。虽然弗里茨每天都爬这栋楼，但他从来没有到过顶层，也就是21层。对弗里茨来说，空中长廊酷似头顶的长杆，同样特殊的金属构造，只不过一个在楼顶，一个在额上。

工作室集体出游

11月的最后一天，一个寒冷的周五，下着蒙蒙细雨。我和老板蒂菲、同事弗洛克早在几个月前就在预约本上特意空出这一天：不接待客人，工作室关门。我们买了一张团体票，计划从柏林东站乘坐8点34分的火车。我距离柏林东站步行20分钟，蒂菲和弗洛克则从马尔灿车站乘轻轨过来。

我进入东站大厅，看到蒂菲站在一家餐饮档口前，旁边放着她的背包，耸着肩膀，双手插兜。她穿着一件红色短外套，黑色灯笼裤，平底鞋。

"弗洛克呢？"我问。

"睡过头了。"蒂菲说。

我们买了咖啡和羊角面包，溜达到一号站台，津津有味地吃了起来。蒂菲对弗洛克很生气,她总是迟到,包括去工作室。

"弗洛克怎么回事?"蒂菲问。

"年纪大了。"我说。

蒂菲看着我,仿佛这是她听过的最愚蠢的借口。一只鸽子飞来啄食我们掉落的面包屑,蒂菲转而跟鸽子说话,精神也为之一振。蒂菲是动物爱好者,当她专注于某只动物时,有点像是在逃避人类。不过,蒂菲常常强调,她喜欢不超过四条腿的动物,她有蜘蛛恐惧症。

弗洛克气喘吁吁地爬上楼,揉了揉眼睛。她早上6点50分才醒,从床上蹦起来,急赤白脸地穿梭于各个房间,把衣服扔进背包,甚至连头发都没来得及梳,匆匆戴上一顶深蓝色毛线帽,帽子上镶着水钻和流苏。

列车进站,我们一路晃到了菲尔斯滕瓦尔德,在这里换乘其他列车,中转时间半小时。我们要经由天桥到其他站台,爬楼梯对弗洛克来说简直是折磨,尤其是上楼梯。她抓着栏杆拼命向上爬。我不知道弗洛克吃了多少止痛药才能熬过这样的日子。

我和蒂菲要去上厕所,但站台这里没有厕所。弗洛克在站台等着,我和蒂菲再度爬楼梯上天桥,从另一边下楼梯,寻找卫生间标志。我们来到车站大厅询问,找到了在面包店对面的厕所,那里排着长队。每个使用者要交40欧分——厕所垄断。厕所钥匙上莫名其妙地挂着一个肉豆蔻磨碎器,人们用完后默默地传给下一位。菲尔斯滕瓦尔德是个万物凋零的地方,无论是厕所、列车车次、文化活动,还是人口,狗都不想待在这里。

下巴尼姆铁路公司的短途列车准时到达,到巴特萨罗只需12分钟。这时,我们已经精神抖擞,对旅途充满期待,并请一位丰满的年轻女人帮我们拍照,她用弗洛克的智能手机给我们拍了合影。

在这座宁静的度假村,我们从火车站步行前往咖啡馆,享用配有鸡蛋菜肴的丰盛早餐,这算是我们一致通过并保持的传统。在这家热闹的咖啡馆里,弗洛克并不是唯一一个戴着帽子的人。

我们聊天时得知,蒂菲和弗洛克年轻时都玩过手球，而我曾热衷于参加田径和民族舞蹈活动。时隔二十七年，蒂菲在柏林利希滕贝格区 SV BVB 49 女子二队重拾手球，并一直从事体育运动。直到今天，她也会时不时逼着自己慢跑，每到周日就会在马尔灿穿城跑步。此外，她和丈夫也上舞蹈课。只要有时间，我每周都会去两次健身房，尤其热衷于参加有氧踏板操。弗洛克则没有再进行体育运动，至少没有传统意义上的体育运动。在运动方面，我和蒂菲是多数派。

我们穿上外套，拿起行李，步行前往萨罗温泉浴场。我和弗洛克又抽了一支烟。蒂菲不抽烟，她认为抽烟毫无意义，有损健康，浪费钱财。她说得一点也没错。有时我们在工作室门外抽烟，她有事找我们聊，便不得不忍受寒风。在吸烟方面，我和弗洛克是多数派。

我们在前台买了三张日票。蒂菲走在前面，把芯片对准感应器，然后通过旋转门，我紧随其后，最后是弗洛克。在宛如墓穴的更衣室里，我们寻找自己的储物柜，然后消失在隔间里，换上拖鞋和浴袍出来：蒂菲身着深紫色，我身着浅蓝色，弗洛克身着白色。我们飞快地跑进淋浴间冲了个澡，然后进入温泉浴池。这里人头攒动，高高的石柱，巨大的泳池，塑料躺椅排列如一排牙齿，舒适温暖的气息扑面而来，还有带着盐味的热带气候。这是我们第三次来这里，一切照旧。我们脱下浴袍，把浴巾和拖鞋放在池边，赤脚走下台阶，让身体缓缓没入水中，满足的笑容洋溢在脸上。融入这温暖的池水，暂时摆脱自身重量，让人心神荡漾。我们像海牛一样在水中漂浮，不想有任何改变，无论是更好还是更坏，只想一次又一次地来这里泡温泉。我们游过小圆池，来到有喷头的池边，等待水柱喷射。当喷出的水按压着我们疲惫的颈椎、腰椎和腘窝时，我们发出舒适的感叹。进入温泉池总是令人惊喜，虽然我们不常来，但对泡温泉这件事很是认同。

我们穿过厚重的磨砂塑料帘，进入室外区域，清冷的空气扑面而来，雾气在水面荡漾，其间不时显现勃兰登堡退休老人们的面庞，朦胧而威严。几棵蓬乱的松树伸向浅灰色的天空。我和蒂菲、弗洛克三人在水中嬉戏,霸占了所有的"玩具":首先是粗大的水管,水流冲击着我们发紧的肩颈;还有泛着白色泡沫的间歇泉,我们用尽全力靠近,但终究无法到达泉眼位置;还有令人称奇的蘑菇状柱子。如果你被卷入漩涡,你就会像猴子一样绕着蘑菇茎转个不停,非常有趣。弗洛克从我身边飞驰而过,大声喊道:"小心别被闪到!"漩涡停止了,水柱从大蘑菇头上喷射出来,落到我们的小脑袋上。我们紧紧抓住四周的栏杆,感受着水柱倾泻而下的力量。这时,我们看起来就像落水的卷毛狗,毫无发型可言,头发滴着水,全身湿漉漉。蒂菲把黑色波波头向后拨弄,头发在耳朵上方形成两道粗粗的流苏。弗洛克的红色短发像泳帽一样贴在头上。这是最真实的一刻,没有任何装饰,没有任何造型。我爱这一刻。

弗洛克奋力冲出蘑菇圈,试图在外面喘口气。我跟在她身后,她先是露出头,如同水面上的一颗红球,然后消失不见,接着露出两只脚的脚底。出于髋部的原因，弗洛克无法蛙泳，所以她只是让脚悬在身后，依靠浮力让双脚暂时露出水面。她的脚底又宽又平，略微向内弯曲。

弗洛克今年 58 岁，这双脚支撑了她的一生——无论在吧台或柜台，无论站着或走着。从她记事起，她就想成为一名服务员。弗洛克的母亲一直住在罗斯托克，她希望弗洛克能学一门体面的技艺。起初，她在萨斯尼茨鱼类加工厂工作，每天在流水线上工作八小时，分拣鱼块，后来不干了。之后，她搭朋友的便车来到柏林，住进了位于普夫鲁格大街的一栋空房子，这是东德时期柏林为数不多的私有住宅之一。她到利华灯具厂当学徒，成了一名机械设备操作员，成了这个岗位上的第一名女性。身处一群嬉皮笑脸爱打趣的年轻小伙子之中，弗洛克学会了反击，为她日后做女服务员奠定了基础。

毫无服务员工作经验的她跑到一家餐厅应聘，老板说："明天我们有个预订，40 个猪肘。"老板让弗洛克端着装有卷心菜的盘子练习，每个前臂上放两个盘子。一直练到卷心菜不再从盘子里滚落时,他说:"你可以开始干了。"弗洛克的服务员生涯就是从这40个猪肘开始的。

20岁那年,弗洛克回到母亲身边,因为她怀孕了。强尼出生后,孩子父亲死于胃癌,年仅28岁。弗洛克没有呼天抢地,很少提及这件事。我不知道她有多爱孩子父亲。回到柏林后,弗洛克把强尼带大,在各种餐馆和酒吧轮班,经常周末工作。两德统一后,她自己做老板,在利希特费尔德经营着一家精致小巧的酒馆。她坚持了五年,后来放弃,再度打工。20世纪90年代末,强尼十几岁时,弗莱克的电话有时会在周五响起,是强尼和他的那帮朋友打来的。他们对弗洛克说,换上衣服,我们10分钟后来接你,然后迅速挂断电话,让弗洛克根本来不及拒绝。从周五到周日,弗洛克和儿子及他的朋友们穿梭于柏林的电音俱乐部。有时,她会连续两天不眠不休地跳舞,周一强撑着在酒吧工作。电音舞曲就是弗洛克的运动,也许她的关节炎就是从那时开始的。

电音时代已成为过去。强尼现在38岁,已经成家立业,为一家物流公司运送包裹。他很少来我们的工作室。即便过来,也总是在很晚下班后。他面色疲惫,总给我们带一瓶香槟,给自己准备一瓶啤酒。弗洛克给儿子修脚,我坐在窗边的椅子上,三个人闲聊。强尼是个可爱的人,我喜欢和他相处,也有一部分源于他低沉、平静、温暖的声音。你可以感受到弗洛克和强尼的亲密。时至今日,弗洛克的来电铃声仍是电音音乐人保罗·卡尔克布伦纳的歌曲。

你是否还能回想起自己的中年危机——那些无助打转、被单调的游泳动作折磨得筋疲力尽的模糊岁月?你是否回想起自己在水下看不到岸边,在大湖中央无声无息、毫无缘由地沉没时的恐惧?

你现在能在萨罗温泉游泳,要感谢蒂菲。你与她相识于2010年,也就是你最后一本书出版的那一年。她是女子健身房教练,你按照她的指导完成动作,同时她也参与其中,与你共同运动,点燃了你的热情。你喜欢她深邃的棕色眼睛、精致的脸庞、带喉音的笑声以及她将蓬松的马尾辫向后甩的样子。她的萨克森方言让你倍感亲切,不禁想起自己的家乡。蒂菲身高一米五八,双腿短小,肌肉发达,精力充沛。她当时 40 多岁,正值中年,正在接受美容师职业培训。当她在女子健身房的里屋里首次提供美容护理服务时,你就在现场,目睹她再次转动命运的齿轮,那时的她已经生了三个孩子,有二十五年的工作经验。后来蒂菲不再做教练,而是在马尔灿开了一家美容院。你一路追随,继续做她的顾客。50 岁时,她剪掉了蓬松的马尾辫,留起了黑色的波波头,并剃掉了颈部的毛发,这个发型保留至今。2015 年初,你再次来到马尔灿,预订了全套美容项目,向蒂菲讲述了你被退稿的长篇小说,讲述了你飞往英国一年的女儿,讲述了你丈夫接受癌症治疗之后得以延续生命,以及因此变得岌岌可危的夫妻关系。蒂菲很有分寸:倾听,不多言,让自己成为一个倾诉的出口。当她用力揉捏你的后背时,你通过按摩床上的透气孔说,你再也无法忍受自己的呻吟抱怨,必须做出行动改变。你透过小孔看着蒂菲的脚,耳边响起她的话语:"在我这里做足疗师吧。"然后她告诉你位于夏洛滕堡那所培训学校的名字。回到家后,你在网上查到下一期课程将在十天后开课,便在和丈夫商量后报了名。

我和弗洛克正在池边的喷头前休息,蒂菲穿着黑色泳衣走来,招呼我们到淡水池去。弗洛克不想动,留在这里继续放松,直言全身不疼的感觉真好。蒂菲摆手说我们是懒惰的母牛,踩着拖鞋,迈着小步快速走开了,如同她在工作室里忙得团团转时的步态。蒂菲只比弗洛克小四岁,但看起来更有活力。她们以截然不同却同样有趣的方式变老。我是最年轻的,48岁,我可不想被人看扁,通过铝制梯子爬出,在勃兰登堡11月白天的寒风中瑟瑟发抖,走过湿漉漉的地砖,进入游泳池。我跟在蒂菲后面游泳,游大圈、小圈,多次来回。我们也可以像海马一样跳跃,因为我们可以踩到地。但我们仍然选择了游泳,蛙泳尚可,仰泳非常吃力,其他泳姿我们还没有掌握。

蒂菲有个儿子,21岁,和我女儿同岁,他有个女朋友。蒂菲对儿子爱意满满，有时不得不稍加掩饰。除了对她儿子，她只对动物抱有并展现出这种亲密无间、毫无防备的爱意。蒂菲高龄生产，对这个小儿子宠爱有加。她至今仍然和孩子父亲一起生活，一起上舞蹈课。这个男人比蒂菲小十岁。蒂菲与另一个男人有两个女儿，她们都已30多岁，并有了自己的女儿。蒂菲是外祖母，但实际并未照顾外孙女，她经营着工作室，确实没有时间。尽管更年期来临，但她不能放任自我，仍需要保持活力，以便随时进入工作状态，这也阻碍了她的祖母情怀。蒂菲的工作劲头与农民不相上下。她是一名经验丰富的企业管理者，曾在考夫兰特连锁超市工作。两德统一后，她在家乡埃尔茨山区的一家分店从收银员做起，一直做到财务处副主任。2003年，她与家人搬到柏林，在新克尔恩分店的甜点部担任部长，长达七年。谈起这段经历，她总是深感骄傲，她的部门井井有条，一尘不染，货架上总是摆满新鲜的货品，没有一件过期商品。这份工作让她筋疲力尽，在经历两次腰椎间盘突出之后，蒂菲提出辞职并要求获得补偿金,却遭到了拒绝。也许从那时起,她就意识到人生就是赔本买卖。她再也不想向人乞讨,一切全靠自己。她不想从他人口中收获感谢,也不想被迫对任何人说谢谢。

蒂菲贷款参加培训,她从弗里德里希海思女子健身房那间没有窗户的里屋做起,后来在马尔灿租下工作室。不仅是我,许多当初健身房的顾客不顾路途遥远,忠实地追随着她,因为蒂菲善良、细致、价格合理;因为她表达直接,双手有力而温暖;因为她付出的总是比索取的多。工作室慢慢起步,顾客越来越多,蒂菲自由了,她努力工作并得到了回报。剥削被自我剥削所取代,蒂菲从来不说这种新词,因为她压根不知道这个词。

后来,她基本再也没有踏进过考夫兰特超市的门槛,还得意扬扬地给我算了一笔账:她近十年没有去那里购物令这家超市损失了多少钱。她在用自己的方式报复,这家糟糕的门店差点毁了她。蒂菲如今仍然有个劲敌,那就是税务局,它每个季度都要征收高额税款。她一路坚持,咬紧牙关,省吃俭用，有时不免波及我和弗洛克。每年秋天，工作室里都会开始一场"暖气争夺战"，这是一场无声的战斗：我和弗洛克把暖气开得大些，蒂菲就会把暖气关小些。多个回合后，蒂菲有时甚至把我们这些盟友视为敌人。她创造了大部分的营业额，她比其他人都坚强，理应获得金牌，但金牌也如同其他奖牌一样具有两面性：有时，蒂菲会突然泪流满面，号啕大哭。面对此景，我和弗洛克已经学会假装若无其事：这种时候，我们唯一能为蒂菲做的就是若无其事。

蒂菲笑了，在她看来，25分钟的锻炼足够了。我们去找弗洛克，她正摊开双臂躺在一个圆形泡池的池边。我们也加入其中，热气氤氲，身心温暖，我们就像汤锅里的炖鸡。我们把脚伸出水面，心满意足地看着六只精致的脚丫，这归功于下班后我们为彼此做的足部护理。不过，只有我的脚趾涂上了指甲油，弗洛克试着给我涂了一种紫色，我毫不介意，因为弗洛克可以在我身上试任何颜色。而且，我是三人之中最不修边幅的一个，不染头发，从不化妆，指甲很短。我称之为"原生态"。由于职业需要，弗洛克的指甲总是闪亮多彩，饰品繁多，如同利爪武器一般。蒂菲每天早上在工作室开门之前都会认真地化妆，这是她对顾客的责任。

冒泡的温泉水按摩着肾脏，让人产生尿意，这也是趁机奖励自己一杯饮料的好时机。我们穿上浴袍，趿拉着拖鞋去了洗手间，然后像黑帮一样走向电梯——蒂菲在前，我在中间，弗洛克在后，乘电梯上了一层楼，又自然地排成一列步入餐厅，坐在了一张可以看到温泉池的桌子旁。蒂菲点了三杯阿佩罗橙光，我们都记得这里的服务很糟糕，原因很简单：顾客的消费都记录在他们腕表的芯片上，离开温泉浴场时统一结账。顾客身上没有现金，服务员也从未收到过小费。但我们知道小费意味着什么。

我们开始八卦起最恼人的顾客、最喜欢的顾客和最奇怪的顾客：赫尔曼女士、博特尔特女士和赫内－布茨拉夫女士。来我这里做足疗的米勒女士最近预订了弗洛克的水疗美甲服务。哦，是汉内洛尔·米勒？不，不是汉内洛尔，也不是乌特，她只去蒂菲那儿做美容。对，是蕾佳娜·米勒，那个养老保险的受害者。哦，想起来了，那个有二十年甲癣的人。

蒂菲喝酒就像工作一样雷厉风行，我们纷纷效仿，一饮而尽。尽管如此，基于酒吧的工作经验，弗洛克仍然认为我们喝的酒只能算是"儿童生日派对"级别。于是，我安心地又给大家点了一杯阿佩罗橙光，毕竟已近黄昏。我举杯敬我们的孩子，他们都已长大成才；敬我们的丈夫，仍然能与彼此共度岁月；敬每个月涌入我们工作室的数量可观的新客户。我们聊着聊着，萨罗温泉的天色渐渐暗了下来，我情不自禁发表了一段感言，致敬我们三人，也许我们有很多怪癖，但至少我们人品不差，关键时刻我们会团结在一起，在一个出色的工作室里与出色的顾客一起完成出色的工作，我们就是日常生活中的女英雄。她们两个，尤其是蒂菲，看我的眼神就像在看一个精神失常的人，以为我在打趣，摆手试图打断我的喋喋不休。弗洛克举手示意，又点了三杯酒，而我则鼓起勇气为马尔灿和那里的居民唱起赞歌，赞美那些四十年前搬到马尔灿的人，他们现在依靠助行器、氧气瓶和最低养老金生活，勇于直面老年生活，时常多日找不到一个可以说话的人。他们来到工作室，向我们倾诉心事，感激地接受我们的每一次抚摸。在这个由我们的小蒂菲一手创建的工作室里，他们不会被当作国家的蠢材，他们感到幸福。蒂菲睁大眼睛看着我，深褐色的眼中泪光闪烁，当我大声喊出"我们的工作弥足珍贵！我们的顾客了不起！马尔灿，我的爱！"时，弗洛克感动的泪水夺眶而出。

"天哪，她又在写诗了。"弗洛克笑着说。

"我情不自禁，亲爱的。"我说，"生活里不能只有修脚。"

"至少她没有堆砌辞藻。"蒂菲操着萨克森口音啜泣着说道，擤了擤鼻子。萨罗温泉灯光亮起，烛光四射，柔和的光线在水面反射无数次，水面泛起粼粼波光。光芒从温泉的天空垂下，营造出一派节日氛围，呈现出令人称奇的照明效果。此时，一把孤独的吉他正在演奏，音符如珍珠般镶嵌在灯光之中，忧郁、柔和而美丽。

回到更衣室，我们站在镜子前，吹干头发，眼睛发红，面部干燥，口渴难耐，那种感觉如同小学三年级上完游泳课。我们背着装满湿毛巾的沉重背包，蹒跚着走向车站，此时已经没有火车了。细雨绵绵中，我和弗洛克点上烟，等待公交车到来。半小时后，公交车缓缓驶来，我们上了车，车上还有几个迷失的身影。蒂菲望着窗外昏暗的勃兰登堡乡间小路，说："我好久没坐公交车了。"

我们在菲尔斯滕瓦尔德换乘火车。这里没有厕所，面包店也关门了。我们在又闷又冷的2号站台上，等待火车到来。

雅努什女士

我的大部分顾客都是退休人员。如果我是社会学家，我会把他们的爱好分为三类：养狗、园艺、短途旅行。叠加频率最高的组合是养狗和园艺、园艺和短途旅行。养狗和短途旅行的爱好组合几乎闻所未闻。退休老人们年轻时就有这些爱好，那时还需兼顾工作和孩子。退休后，这些爱好得以保持甚至强化，但不知何时这可能就是最后一次养狗、最后一次短途旅行、最后一次享受花园里的夏天了。

雅努什女士热衷于园艺和短途旅行。初次见到雅努什女士时，她梳着粉色短发，穿着蓝色皮夹克，另类造型非常显眼。她漫步走向工作室，不时抬头看着树枝上的喜鹊，或是眯着眼睛看太阳。有时她赶在修脚前去购物中心买了一件华服或一双昂贵的皮鞋，她会欣喜不已地向我展示。我们时常打趣说，雅努什女士的粉色头发和粉色足疗椅太配了。

我蹲下给她洗脚，她讲起了她的丈夫，她的丈夫日夜吸氧，再也出不了家门。我有些错愕，还没等到我张口，雅努什女士就坚定地说："不要同情我！"这也成为我之后恪守的信条。

尤塔·雅努什出生于1942年，在普伦茨劳贝格地区长大。起初，她与父母住在巴斯德街，后来搬到克特-尼德尔克尔新纳大街，当时这条街还叫利普尔大街。毕业后，她成了一名裁缝学徒，专攻皮革。学成后，她在位于海因里希-罗乐大街的东德"人民企业"旗下的完美公司工作，这是一家生产手提包、钱包和皮革服装的公司。她在舞场结识了后来的丈夫——1943年出生的皮特·雅努什。那时，他刚刚结束弗里德里希海恩的人民企业旗下的复兴家具木材厂的学徒生涯，正在军队服役，为期一年半。周末，尤塔和皮特经常在柏林的舞厅、贝伦斯赌场、克莱尔舞厅和罗洛特酒吧闲逛。"我们给自己买了一瓶托卡伊酒,整晚喝酒跳舞。"后来,他们在高迪街合租了一间公寓,开始同居。"公寓只有一个房间,位于一楼,蚂蚁在窗台上跑来跑去。"

尤塔·雅努什23岁时怀孕,1965年生了一个女儿。她和皮特于1967年结婚,搬到伊曼纽尔街,新家两室一厅,位于四楼侧面,炉火取暖,室外厕所。她给我看结婚照,照片上她穿着尖头细跟鞋,婚纱刚刚过膝,腰肢纤细如柳——真是一位美丽的新娘。皮特站在她身旁,留着小胡子,穿着修身的深色西装,打着领带,很有品位,神态自若,透着一股西方风情。

皮特·雅努什通过了高级技工考试,从复兴家具木材厂辞职,在普伦茨劳尔大道附近开办了自己的家具厂:两层楼,12名员工。家具厂为餐厅制作室内装潢,修复家具,并用刨花板为东德"人民企业"旗下的柏林无线电、电视机、通信设备公司生产设备外壳,生意不错。订单量大时,雅努什女士下班后会到丈夫的车间帮忙。但她依然留在完美公司工作，不依赖于丈夫。今天看来颇为明智，这份工作让她有保险和养老金的保障。

20世纪70年代末，他们买下了一栋位于潘科-海纳斯多夫的带花园的房子：那是一栋石制房屋，原房主是他们的一个亲戚，1961年搬到西德，他们几番周折才买下来。那些年，皮特·雅努什开始对绘画感兴趣，参加了一所艺术学校的夜校课程。他精心布置房子和花园，就像他让客户委托给他的旧家具重放光彩。修复就是他的爱好和追求。人际关系的重要性所言不虚：他们从熟人那里买到了瓦特堡的注册证；他们开着自己的第一辆汽车和拖车来到帕塞瓦尔克，买到了梦寐以求的稀缺商品——木梁。

1980年，作为完美公司的员工，尤塔·雅努什分到了位于马尔灿的一套公寓。一开始，丈夫和女儿怨声载道，他们不愿意离开原来的家，认为那些新建住宅呆板乏味、位置偏僻。但雅努什女士还是说服了他们——那里更宽敞、更舒适。

之后的许多年，皮特·雅努什仍然时常留宿在原来的房子里，因为那里距离他的家具厂只有5分钟的路程。也许这正是他们成功婚姻的秘诀——彼此独立。每年春天，他们都会去波罗的海旅行几天，通常是去阿伦斯霍普。

两德统一后，完美公司解散。雅努什女士失业了，后来她在西柏林的一家小型皮革厂找了份工作。雅努什先生的日子也不好过：订单不少，但客户拖欠款项越发严重。"东德人本来按时付款，但西德人总是拖着不付，东德和西德谁的债务多？可西德人就是这样。我们根本想不到！现在东德人也开始效仿他们。"尽管如此，雅努什先生仍承担着运营成本：材料、租金，尤其是工人的工资。他总是把自己放在最后一位，到最后自己两手空空的情况愈加频繁。1996年，雅努什先生解雇工人，彻底关张，家具厂成为历史。他没有登记失业，自尊心不允许他这样做。"这一直是个有争议的话题。男人绝不承认自己失败。"雅努什女士再度说服丈夫，领失业表格，拉着丈夫去登记。他有时去大公司接木工活，还曾经在牙买加工作了三个月。他花了很多时间打理花园、修缮房屋、建造鸟舍、饲养野鸡和鹦鹉。雅努什女士说,在她丈夫的生活中,动物和植物占据了很大一部分空间。

雅努什先生的病情日渐加重,拖了很久才去看病。2003 年,60 岁的他被诊断出患有慢性阻塞性肺病。为了照顾丈夫,雅努什女士辞去工作。稍有体力消耗,雅努什先生就会气喘吁吁。他日渐消瘦,体力不支。雅努什女士给我看了一张照片:她的丈夫在波罗的海阿伦斯霍普的度假公寓前,骑在一辆电动车上。"那时还能出门。"那是他们最后一次短途旅行。

2010 年之后,雅努什先生就再也没有离开过公寓。每周二都有人上门,将两个分别为 30 升、45 升的氧气瓶灌满氧气。雅努什女士习惯了机器的嘟嘟声,学会了区分误报声和警报声,时常在夜里给值班医生打电话。她买菜做饭,丈夫只能吃软烂的食物:土豆泥、牛奶饭、炖菜、苹果酱。他不希望有人来探望,讲话对他而言已是难事。为了不让他感到无聊,雅努什女士在侄子的帮助下买了一台苹果电脑。

她打扫卫生、洗衣服、整理床铺；订购医疗用品、预约医生、带丈夫看病、拿药；给丈夫洗澡、剪头发和脚指甲。有时，雅努什女士要坐两个小时的公交车回原来的房子看看，处理必要事务，再匆匆忙忙赶回家。有一次，她下车时绊倒，左手手腕骨折，打上了石膏和夹板。她时常感到身体不适，血压不稳。慢性结膜炎导致眼睛发痒，治疗高眼压的药水让眼睛有灼烧感。为了保护眼睛，雅努什女士戴上了太阳镜。她并没有过于纠结自己的健康状况，而是忙于照顾丈夫。她立好生前遗嘱，并让丈夫签了字；卖掉了多年不用的汽车。与侄女一起前往位于贝尔瑙的森林墓地参观，将丈夫最后的安息之地安排妥当。

2018年4月20日，皮特·雅努什在吗啡的作用下在柏林-马尔灿创伤医院去世，享年75岁。2018年6月6日，他被安葬在贝尔瑙的森林墓地，骨灰被埋在一棵山毛榉树下。"现在他可以躺在树下，呼吸新鲜空气了。"

夫妻二人曾共同打造的家，如今剩尤塔·雅努什一人收拾残局。

她让人收走了床、机器和氧气瓶，把丈夫的衣服送给教会机构或放到衣物回收箱，扔掉药物、热水瓶、床单和鞋子。翻箱倒柜，分门别类，清理废品，整理出丈夫的两千多本书。不想扔的，她就分批放进纸箱，扔掉那些昂贵的艺术书籍令她格外惋惜。屋里收拾完，她来到花园继续整理。她打开了鸟舍后面的棚子，野鸡和鹦鹉曾住在那里。"当我往里看的时候，我惊讶得连连后退，差点飞出去。"雅努什女士发现里面是一间完备的木工作坊：工作台、工具包、汽油链锯和各种木料。货架上有装满钉子和螺丝的锡罐、数百个崭新的口罩、40罐20升装的油漆、20多罐神秘的液体、10桶胶、90瓶酒，那些酒里既有红葡萄酒，也有白葡萄酒。"这是给客户的礼品。"雅努什女士从柏林垃圾清运公司订了一个大件垃圾集装箱，把木料都装了进去，然后给各个有害垃圾回收站打电话，把工具包和电动车送人，把酒倒掉。她成了罗曼-罗兰大街回收站的常客。她推着满载的手推车从花园出发,再推着空车返回,如此循环。雅努什女士就这样日复一日、一车又一车地承载着丈夫的生命前行。

如今已是3月,雅努什女士坐在粉红色的足疗椅上修脚指甲。雅努什先生已经去世快一年了。无论是丈夫活着时还是去世之后,她从未爽约修脚。花园的整理也还未结束。"我打算买个带电池的小链锯,这样就可以烧柴了。"她不再染发,雪白短发的发梢掺杂着些许粉红色。尽管雅努什女士的脸颊上布满了细细的皱纹,但76岁高龄的她依然容颜姣好。

我们聊起了胸罩,抱怨找到合适的胸罩是何等困难。修完脚后,雅努什女士打算去购物中心添置"几件精致的新款"。按摩双脚时,她闭上发红的眼睛,一言不发。突然,她猛地睁开双眼喊道:"绿短尾鹦鹉(Grüna Tody)!绿短尾鹦鹉!"我怔怔地看着她:"什么?""绿短尾鹦鹉,天啊!"她激动不已,"是牙买加的一种鸟!这是我丈夫苹果电脑的密码!我绞尽脑汁地想了好几个月!"我乐不可支,雅努什女士也笑得前仰后合,我们毫无顾忌地放肆大笑,仿佛雅努什女士在丈夫离开十一个月之后并非终于破解了电脑的密码,而是解开了其他东西。

恩格曼夫妇

我和佩吉·恩格曼的相识要归功于她的宠物狗雪球。雪球身上的毛蓬松如绒,需要时常修剪。我们工作室附近有一家宠物沙龙,和善的女店主总是给雪球修理毛发。雪球属于波隆那比熊犬品种,意为"卷毛的袖珍犬",体形几乎适合放在各种手提包里。也有人厌恶地称之为"矮脚狗"。

一天,佩吉·恩格曼送雪球去修毛,顺便来找我修脚。我们一见如故。佩吉热情真挚,说话直来直去,喜欢在谈话中掌握主动权。她有一头迷人的火红色自然鬈发,有时让我想起长袜子皮皮[1],有时又让我想起苏格兰女王玛丽·斯图尔

---

[1] 瑞典儿童文学作品《长袜子皮皮》中的主人公小女孩,有一头红发。

特。佩吉·恩格曼今年 42 岁，正慢慢成为中年妇人。

就修脚而言，摆在我面前的有两个难题：首先，佩吉的脚养护得当，根本没有老茧或死皮需要去除，指甲也精心修剪过。其次，佩吉的皮肤几乎对所有东西都过敏，我不能使用泡泡浴或磨砂膏，也不能涂抹平常的护理膏，甚至涂指甲油也不行。换句话说，我无事可做。

佩吉·恩格曼坐在足疗椅上，用智能手机安排着新鞋柜送货上门、小型花园协会的理事会议，以及与长大成人另居他处的孩子们的早餐聚会。聊天说笑间，我用她手提包里自备的特制抗过敏药膏为她按摩双脚。之后，佩吉·恩格曼根据雪球修毛的时间，同时预约了两次修脚，一次给自己，一次给她的丈夫米尔科。

八周后，佩吉·恩格曼如约带着雪球去宠物沙龙，下午 4 点半来到我们工作室，笑着解释说，如果她稍后在足疗室陪着米尔科，希望我不要见怪，米尔科根本不敢独自前来。

雪球独自留在宠物沙龙和善的女店主那里修毛,而佩吉45岁的丈夫显然没有这种勇气。我猜测佩吉来做足疗并非为了自己,之后米尔科的出现证实了我的猜测。下午5点半,米尔科下班后直接来到工作室,勉强和我打了个招呼,亲了佩吉一下,然后穿上了佩吉从家里给他带来的干净裤子。他少言寡语,甚至可以说一言不发,只是不安地环顾四周。为了准备修脚,他剪了脚指甲,这也是典型的新手错误。但他只剪了八个脚指甲,两个大脚趾光秃秃的,只有趾甲根部还有两小块角质。我问米尔科他的大脚趾怎么回事,坐在窗边椅子上的佩吉解释说,大脚趾严重感染,医生做了紧急处理。我脑海中不由得浮现出这样的画面:佩吉带米尔科去看医生,一直坐在他身边。我在手套上挤上磨砂膏,张开双手,米尔科犹豫着把右脚放到我的手上,突然大叫一声,从椅子上跳了起来。我吓得一屁股坐在了地上。"哦,我忘记告诉你了,"佩吉咯咯地笑起来,"他怕痒得要命!"

在接下来的时间里，害羞的米尔科坐在足疗椅上无言地强装镇定：他身体蜷缩，似笑非笑。我和佩吉笑弯了腰。

八周后，佩吉再次坐在窗边的椅子上，米尔科依旧缩着身子坐在足疗椅上，我问道："你们是怎么认识的？"

"是我爸爸介绍我们认识的。"佩吉说。他曾是米尔科担任厨师的那家餐厅的物业管理员。修完脚，佩吉付了钱，预约了下一次的时间，突然入口处传来惊恐的呼喊声。我们急忙跑向米尔科，他正呆呆地站在放报纸的小桌前，睁大眼睛，死死地盯着佩吉。他的牙齿间咬着一块从玻璃碗里拿出来的剥开的夹心巧克力。佩吉走近米尔科，好像要亲吻他一样，用嘴唇把巧克力从米尔科的嘴里吸出来，然后吃了下去。那是一块酒心巧克力。

2011年，米尔科最好的朋友酗酒身亡，这给米尔科敲响了警钟。他早已失去了驾照、工作和大脚指甲，开始住院戒酒。出院后，他本应接受后续为期三个月的治疗，但米尔科拒绝了，他回到家中，对佩吉说："我有你。"佩吉说："你不能在家无所事事。"她翻遍了招聘广告，并以米尔科的名义写了求职信。失业多年后，米尔科重新找到了工作。他为一家物业管理公司翻新夏洛滕堡于19世纪经济繁荣时期修建的住宅，为那些房子更换窗户、拆墙、重建卫生间。

2015年，佩吉和米尔科开始重新考取驾照。每十二周米尔科需要提交一次头发样本，头发长度不得短于6厘米。佩吉用尺子测量，帮他剪头发。米尔科与心理学家谈话、进行心理辅导和反应测试。这个过程漫长而昂贵，佩吉一直陪伴左右并提供资金支持。2017年春天，米尔科获准进行医学心理测试，也被戏称为笨蛋测试。米尔科参加测试并通过，他们没有为此干杯庆祝，而是买了第二辆小汽车。米尔科不仅又找到了工作，还能再次开车上班。

每天一早，米尔科跟佩吉一起起床，把佩吉送到她的车上。他也会顺便带上雪球，开启一天中的第一轮遛狗,这是佩吉的主意。有时,米尔科会在工作期间给佩吉打五个电话。他对佩吉百依百顺,极为怕痒的他甚至愿意去修脚。米尔科从2011年起戒酒,滴酒不沾。佩吉取代了酒瓶在米尔科生活中的位置,尽管佩吉不是酒瓶,或者说正是因为佩吉不是酒瓶。

她在大瀑布电力公司的某办公区做清洁工。她从凌晨4点就开始打扫办公室、食堂、车间和更衣室。她领导一个七人组成的清洁小组,负责组织、协调和分配任务,小组工作由她领导、指挥和决定,她很享受工作带来的乐趣。她自认有健康的爱好,精力充沛,笑声不断,而且聪明伶俐,相比于优等生的学历,在某种程度上她的聪慧更让我印象深刻。

4月的一个周三,佩吉先把雪球送到宠物沙龙,下午4点半她如约而至,带来两个小草莓蛋糕,我们津津有味地吃了起来。佩吉总是给我带些东西,通常是快速补充能量的食品。她照顾我就像照顾她的同事、孩子、狗和丈夫一样。她坐在足疗椅上，用智能手机向清洁小组交代下周的工作计划，然后向我展示她公寓的照片。米尔科正在按照佩吉的指示，对这套带有长走廊的 WBS-70 型号廉租装配式公寓进行翻新改建。他拆掉了带窗口的墙体，把厨房和客厅打通，改成一间 30 平方米的带阳台的客厅兼开放式厨房。当我用佩吉存放于此的特制过敏膏按摩她的双脚时，米尔科来了，他给了佩吉一个吻，然后换上干净的裤子。他褪去了羞涩，不时跟我攀谈几句。他依旧在足疗椅上蜷着身子，双脚紧张，局促不安，我和佩吉像往常一样笑得前仰后合。

米尔科说，东德时期，他曾想成为一名东德国家人民军军人，两德统一让他搁置了这个想法。尽管如此，米尔科还是找到了理想的领军人：佩吉比任何连队的士官都要优秀。

我把探照灯转到一边，足疗室沐浴在舒适暗淡的灯光中。佩吉坐在窗边的椅子上，米尔科坐在足疗椅上，在有力度的按摩下终于身体放松。他看起来气色不错，工作和戒酒让他肌肉发达，没有一丝赘肉。我们三人闲聊起工作见闻、明日计划。我问佩吉，在修脚方面，我没什么能为她做的，是否至少让我为她涂一下指甲油。

"那是我家甜心的工作。"她边说边笑着望向米尔科。

米尔科点点头，咧嘴一笑。

"我的手很稳。"他说。

佩吉就像长袜子皮皮一样，带着一头天然的红色鬈发咯咯地笑着。接下来，米尔科计划把之前最大的一间儿童房改成卧室，墙上挂镜子，换上天蓬床。

佩吉付了钱，我们约好5月底的修脚日期，然后道别。我送这对夫妇走到门口，宠物沙龙和善的女店主带着雪球从拐角处走来，雪球见到主人后高兴地摇着尾巴，自豪地展示着自己的新发型。

女店主指着雪球说道："它已经修剪好了。"

佩吉指着米尔科说："他也好了。"米尔科掐了掐她的屁股。我怀着羡慕的心情，温柔地目送佩吉、雪球和米尔科离开,他们仿佛被一张看不见的精巧的网连在一起,一同步入马尔灿的夜色之中。

女作家们的青春期女儿

一些艺术文化圈的人,从普伦茨劳贝格、弗里德里希海恩或舍内贝格专程来到马尔灿修脚,其中女性作家朋友居多。从医学角度看,她们并不需要我的帮助,但她们的双脚鲜少被关注,更别提被触摸。就像她们自己所说的,她们的整个身体都如双脚一般渴望关注。但是有没有男人对女作家们来说并不重要。我时常照护她们的双脚,但不负责其他。

这些已婚或未婚的女作家都有女儿,正处于青春期的女儿才是她们来到工作室的深层原因。青春期的身体变化让这些半是孩子半是大人的女孩陷入羞愧、不安和自我怀疑之中,在这种情绪下,她们觉得自己的脚也很丑。母亲并不认同,苦口婆心地劝说女儿的脚没有任何问题,但收效甚微。女儿依然苦闷,还反过来怀疑母亲的说辞只是基于对孩子无条件的爱。在母亲眼中,就连女儿脸上那颗最大的青春痘也是可爱的,母亲的话让人难以相信,女儿从母亲那里继承了智慧,而母亲也知道,她所有的关心、理解和劝说都难以抹去女儿的忧思。母爱是一种自然法则,在女儿眼里并不重要。这就是身为母亲的作家们带女儿来找我的原因。她们想让我以专业人士的视角给她们的女儿解析一下她们所谓有问题的双脚。我把妈妈们打发走,让她们一小时后再回来。

内勒坐在足疗椅上,她是一个15岁的女孩,涂着深色眼影,一头棕色自然鬈发,嘴唇呈花朵形状。内勒比同龄人个子矮些,但十分聪颖。由于上学跳过一级,身形与同班其他女孩相比显得更加瘦小。她觉得自己滚圆矮胖,脚也是如此。我对内勒说,你的脚无可指摘,它们柔软、红润、毫无瑕疵。内勒的眼神专注认真,就像她面对这个世界的态度,在一定程度上也是她的自我保护:不容小觑，不容忽视，不容取笑，通过思考来克服不安全感。我向内勒说明她的足弓是多么优越，脚趾是多么有弹性，趾甲是多么匀称，我的手指可以在她的脚趾间隙自由穿梭。内勒想涂指甲油，是的，她敢，尽管内勒和妈妈一样不喜欢化妆和打扮，但她想涂指甲油，是的，她敢于尝试。她不想要红色、老套俗气的指甲油，选择了冰蓝色。我为她涂上了心仪的颜色，分别时，她那张真挚而清秀的脸上绽放出了信任的微笑。

刚满 17 岁的伊莎贝尔坐在足疗椅上，身高一米七九，可能还会长高。她的举止如年轻骏马般优雅。乌黑浓密的头发扎成了一个大马尾，我问她能否摸一下她的马尾，这个发量太让人羡慕。伊莎贝尔不仅有一头长发，还有一双手指修长的大手和一双脚趾修长的大脚。除此之外，她的妈妈提前给我写了一封很长的邮件，详细描述了女儿对双脚的忧虑不安，并把责任揽到自己身上：她的脚长得很快，经常要买新鞋，但也有买不及时或者买得不合适的情况。为了遮住双脚，伊莎贝尔现在只穿封闭式的厚重男鞋,即使在夏天也是如此。她认为自己的脚指甲变厚了,事实并非如此。但是,如果不及时把双脚从这些厚重的男鞋中解放出来,她总有一天会变成厚脚趾。我称赞她的双手纤细、线条优美,像钢琴演奏家的手,并问伊莎贝尔是否注意到每个人手脚的比例都是相称的。伊莎贝尔彬彬有礼、举止得体,但听到这里时难掩怀疑,既是对她此刻身处环境的怀疑,也是对面前这个本该是作家却不得不在此谋生的女人的怀疑。她一定担心自己的母亲很快也会陷入同样的境地。

娜塔莉坐在那里。她12岁,纠结于青春期暂时性的身体比例失调,对自己的婴儿肥和快速生长也忧心忡忡。她长着杏仁眼,高颧骨,左边嘴角上方有一小块像美人痣的胎记。她扬嘴一笑,眉毛上扬,一副调皮鬼的模样。娜塔莉模仿起她眼中女人们在一起时的样子,比如在理发店时的神态举止,简直让人捧腹。她打开话匣子,侃侃而谈,与我谈论时尚、学校活动和她的虎皮鹦鹉的独特之处。她的双脚状态不错,但娜塔莉觉得它们太过苍白无力。我把她的脚趾展成扇形，向她展示有力的跟腱；出于乐趣，还让她看看跖跗关节间隙的走向。古代骑士在马上因外力而跌出马镫时，一般就会在跖跗关节处发生断裂。如今前足截肢手术仍会由此处切开，不需截断骨骼而快速截肢。听到这些对孩子而言有些恐怖的字眼，娜塔莉的脸颊泛红，如同红苹果一样，与我给她涂的樱桃红指甲油相得益彰。之后，我在上面又涂了一层亮粉。

女作家们的女儿们一会儿看看自己的双脚，一会儿看看我，眼中满是难以抑制的惊叹。她们思索着自己的妈妈怎么有这样一个奇怪的朋友，从事这样一份冷门的工作——护理别人的双脚。她们的目光在我和我手中的脚之间来回游移，在探照灯的照射下，自己的脚看上去很陌生，但摸上去又很熟悉。这双脚显然值得让我们一起全面细致地观察、讨论和触摸。

我也暗自向她们投去惊叹的目光：她们白璧无瑕，皮肤光滑，脸上洋溢着青春的活力，名副其实的含苞待放。美而不自知，美之更甚。

在这些女孩之中,我最喜欢的是米兹。她是一位女作家青春期女儿的小妹妹。米兹5岁,在我的众多客户中,她与96岁的诺尔老夫人形成了鲜明的对比。相比于许多成年男人,米兹坐在足疗椅上更加泰然自若。她是个与众不同的孩子,竟然喜欢牙医,所以穿着白大褂、戴着手套、手拿器械的我很得她的欢心。基于职业兴趣,她专注地看着我的所有操作。她一感到痒痒,就会很着急,因为她一笑就无法专心致志。有时我会故意挠她痒,因为她的笑带动全身,很是夸张:头发像拖把一样抖动,露出了乳牙和小舌头。最后,我在她小小的指甲上涂上鲜艳的粉色。等指甲油变干时,我塞了一块儿童巧克力到她嘴里,看着我的小顾客心满意足地坐在那对她而言过大的宝座上。她的妈妈告诉我,第二天有个幼儿园小朋友来找米兹玩,米兹想和她玩修脚游戏。小朋友问什么是修脚游戏,米兹吃了一惊,问道:"什么?你从来没有修过脚吗?"

格琳德·邦卡特

与柏林其他地区相比，马尔灿－海勒斯多夫区的难民比例较高。目前有 3384 名难民居住在这里，占柏林全市难民总数的 15.15%。

我认识一位住在马尔灿的难民。她来德国已经有一段时间了，因此她可能并没有被包含在难民统计数字中。她姓邦卡特，名格琳德，生于 1938 年 5 月 25 日，出生地是柯尼斯堡。

1945 年 1 月，母亲带着不满 7 岁、刚刚上学的格琳德·邦卡特和她 3 岁的弟弟逃离东普鲁士，向西逃亡。格琳德的父亲于 1943 年应征加入德国国防军。格琳德在逃亡途中穿的 PVC 塑料鞋，夏天因炎热而膨胀，冬天因寒冷而开裂。母亲用两个手提箱装了一些必需品，还为孩子们做了背包。在皮拉乌，格琳德与母亲、弟弟登上了一艘名为"拉普兰号"的轮船。轮船上的双层床挤满了人。格琳德好奇地在甲板上转来转去，被水手们大声呵斥并送回母亲身边。母子三人蹲坐在一张双层床的上铺，下铺躺着一个老太太。格琳德注视着她，突然低声对母亲说："我想这个老太太已经死了。"母亲叫来了船员。老太太被搬走，装进了一个麻袋，然后堆到其他装着尸体的麻袋旁。

后来，水手们开始分发救生衣，说是船在漏水。船驶入施韦因蒙德港口被清空。人群涌上岸，格琳德和母亲、弟弟、两个手提箱被裹挟其中。格琳德还目睹了装着尸体的一个个麻袋被拖上岸，她不知道这些尸体的下场，认为它们会被拖上甲板扔进波罗的海，这让她由衷欣慰。

如今，格琳德·邦卡特80岁了。她住在马尔灿一栋十一层楼的十层，离我们的工作室很近。邦卡特女士和我有一个特别约定：她每两周来一次，每次半小时，而且总会毫不犹豫地接受我安排的预约时间。她永远准时，无论酷暑严寒，都会如约而至。当我打开门,邦卡特女士总会微笑着向我伸出手,我轻轻地握握她的手。然后,我小心翼翼地将她左肩上的挎包带子越过头顶取下,帮她脱下外套,从她手中接过那个小塑料袋,虽然上面的印花已经褪色,但袋子仍然结实耐用。到了足疗室我打开袋子,里面是一条毛巾、一管扶他林和一双新袜子。邦卡特女士坐到足疗椅上,她总是很享受坐着的状态。她脱下鞋子,那是一双舒适的米色低帮鞋,没有复杂的系带,然后把脚放进水里。

漏水的"拉普兰号"抵达施韦因蒙德之后,格琳德三人与数百人挤在一间校舍里。他们日夜坐在地下室的台阶上,他们没有食物,收到寡淡的咖啡会让他们欣喜不已。母亲从口袋里掏出一板巧克力,掰下一半,让格琳德和弟弟分享。格琳德说:"但今天还不是迪特的生日,不是吗?""没关系。"母亲说。

他们被送上了一列货物列车,车上挤满了人,车上没有窗户,如同运送牲口一般。途中,两个行李箱丢了一个,里面装着家庭相册和父亲的照片。

下了火车，他们到达了丹麦。格琳德第一次看到母亲哭泣。

难民营非常大，人员按照姓名首字母顺序分配，每个首字母下有十个营房。母亲说："你们要记住营房号。"有时，她会去难民营厨房帮忙，给孩子们带回一些白菜梗。在弟弟生日那天，母亲拆了一件旧军大衣的布料为他缝制了一匹玩具马，并剪下自己的一撮头发做马鬃。格琳德和弟弟在用铁丝网围起来的营地里玩耍，任何难民都不得离开。格琳德经常跟母亲说自己想回学校上学，于是母亲写信恳求一位住在德国的舅舅。

邦卡特女士坐在足疗椅上，身上散发着一种非香水的、清爽的肥皂香气，我喜欢这种气味，让我想起了我的祖母。我给她洗脚的力度和与别人握手时一样轻柔。邦卡特女士的脚型不对称，就像我使用后随意扔进垃圾桶的一次性手套：脚趾方向各异，相互重叠，有的很长，有的只有原来的一半长度，双脚畸形。在左脚上，拇囊炎形成的明显鼓包像一个熟透的块茎一样泛着红光。大脚趾向右倾压在其他脚趾上。右脚的拇囊炎进行了手术，手术后，右脚第二趾就少了一个指骨，跖趾关节压在被击穿的横足弓上。邦卡特女士实际上是踩着右脚骨走路。在骨头的压力下，右脚长出了一个坚硬的、轮廓清晰的鸡眼，我称之为"一元硬币"。邦卡特女士每走一步都很疼，但她不会因此而停下脚步。

1947年夏天，带着两个行李箱离开东普鲁士两年半之后，格琳德和母亲、弟弟来到了旧特雷普托的舅舅家，离新勃兰登堡15公里远。舅舅的房间里本就住着四个人，现在有七个人了。不过，格琳德如愿上学了。她即将年满10岁，本应该上四年级，协商之后，学校同意让她上三年级。母亲叮嘱她说："我们是难民，难民必须付出两倍、三倍的努力。"格琳德努力学习，几周后就补上了课程。大课间休息时，其他孩子在操场上玩耍，数学老师和格琳德一起练习三分律。有一次，她和德语老师争论小写字母t的写法，老师教的跟她在柯尼斯堡学的不一样。德语老师没有让步，格琳德服从了。

母亲先是在农场帮工，后来在一家服装厂做清洁工。格琳德自己打理生活，还要照看弟弟、帮忙做家务。只有周日不需要工作，周日是神圣的，是母子三人的家庭时光。他们一起去教堂、讲故事、唱歌。母亲教格琳德织毛衣。三人围坐在一起，格琳德讲述她的朋友、老师和学校发生的事，晚上一起祈祷。

父亲一直杳无音信，东德成立后也没有任何消息。他们拿着父亲的护照照片四处询问，但都无济于事。他们不确定他是否已经去世，活着的希望更是渺茫。

格琳德读八年级时，母亲说："你无须想着上高中。"格琳德询问缘由，她本想读完十年级甚至十二年级，她的成绩很好。母亲说："我们是基督徒。"

1953年，上了六年学、读完八年级的格琳德离开了学校，也离开了家，那年她15岁。她来到格赖夫斯瓦尔德新教教会，开始了为期三年的秘书职业培训。

1955年，格琳德给东德首任总统威廉·皮克写了一封信。他们逃离东普鲁士已有十年，母亲一直努力工作，弟弟在上学，但他们还在旧特雷普托与一对夫妇同住在一间过道房，格琳德在信中发问，是不是应该给他们分一套公寓。当然，威廉·皮克没有回信。但两年后，也就是1957年，母亲分到了一套公寓，不过是一间带厨房的小屋，阴冷，不时有穿堂风，但总归可以一家人独住。母亲当时还在旧特雷普托的服装厂工作，从清洁工升到了会计。格琳德始终认为，是她的那封信起到了作用。

擦干双脚后，我升起足疗椅，把椅背略微向后倾斜。我用探照镜对准右脚，在她的"硬币"上喷洒角质软化剂，伸出左手，用手术刀从外向内平整地去除一层层角质。我时不时停下来，看看邦卡特女士，问她疼不疼。她摇摇头，继续讲述。她讲话清晰明了，引经据典，没有口音，语调轻柔冷静。只有当她深深陷入对东普鲁士的回忆时，她才会突然像个老水手一样，发字母R的音时舌头卷得厉害。当她思考时，总会扬着头，把短发拨到耳朵后面。她的面庞精致而充满活力，专注的目光从深邃的眼窝中望向更远的地方。邦卡特女士讲述自己的往事，我可以听上几个小时——她的逃难、她的母亲、难民营、儿童之家。

格琳德完成了秘书职业培训，但她想成为一名护士，她的家族可以算是护士世家。她在一份教会报纸上看到了一则招聘广告，便向柏林的护理协会发出申请。到达柏林后，她根本没有接受培训，而是被安排徒步前往施特劳斯贝格附近森林里的一家教会儿童之家。在那里，她轻而易举地开启了第二份职业。她最初负责照看0～1岁的孩子，后来又负责5岁以下的大孩子。儿童之家的孩子都是非婚生子，有些母亲会偷偷去看望孩子，父亲从未出现。保育员主管劝格琳德不要对孩子们投入太深的感情。

10月的一个早晨，格琳德来上早班，早班从4点钟开始。那是一个异常寒冷的秋天，夜间下雪，气温低达零下20摄氏度。格琳德打开一楼的灯，推开儿童之家的门，准备把门前的雪铲掉。突然脚尖碰到了一个东西,她跨过去,然后弯下腰,摸索着从雪中抱起来。竟是一个婴儿,冻得紫红。格琳德抱着孩子跑进屋里,从热水壶里倒出前一天的还温热的水,然后打电话给物业管理员。她试图让孩子哭喊出来、恢复精神,这是一个男婴。

医生来了,对婴儿进行了检查,并宣布发现婴儿的那天是他的生日。警察来了,格琳德描述了事件经过:"我在雪地里发现了他。"民政部门要求提供男婴姓名,以便他们建立档案。所有保育员都看着格琳德。格琳德说:"皮特(Peter)。""姓什么?""今天是周五(Freitag)。"有人说了一句。于是,这个男孩就叫作皮特·弗莱塔格(Peter Freitag)。保育员把他带到6岁。然后,如同儿童之家其他到了学龄的孩子一样,皮特·弗莱塔格被带走,分配到某个公立福利院。儿童之家的保育员未曾获知孩子的地址。

格琳德是一名未经培训的保育员,发现皮特·弗莱塔格时她还不到20岁。后来,她很快在罗斯托克完成了保育员培训。她住在学校宿舍,学习了教育学和心理学,并研读了《新约全书》和《旧约全书》。

毕业后,格琳德在罗斯托克一家教会开办的福利院,继续照顾那些无家可归的孩子。她负责照顾15名3～18岁的男孩,这些男孩都有智力障碍,有时她会和他们一起踢足球。她的黑色系带鞋鞋底也因此裂开,格琳德去找鞋匠。鞋匠教她如何踢球才能使鞋子不受损,但格琳德做不到,她一次又一次地穿着裂开的鞋去找鞋匠,鞋匠一次又一次地用胶水把她的鞋子粘好。

1960年到1962年,格琳德参加了第三个职业培训,也是她一直想从事的职业。她成了位于柏林的新教伊丽莎白女王医院的一名护士。她头戴护士帽,身穿灰色连衣裙和灰色工作围裙,脚上穿着罗斯托克鞋匠多次粘好的黑色系带鞋。病人去世后,她会在便笺上写上病人的姓名、生日和死亡日期,然后系在死者的大脚趾上。起初她住在医院的护士间,后来她在列宁路找到了一个转租房间,再后来她搬进了弗里德里希海恩的马特恩街一栋旧楼里的单间公寓。格琳德的收入并不高,余下的工资这个月买牙膏,下个月买鞋油。她把大部分钱攒下来买音乐会门票,她喜欢古典音乐。她并不认为自己过得拮据。金钱在格琳德的生活中从未扮演过重要角色。

右脚前脚掌的老茧去除后,我开始处理左脚上的两个问题部位——嵌甲和爪形趾造成的压伤。一般这时,我和邦卡特女士会一起唱那首《冬去春又来》,以分散注意力,减轻操作带给她的疼痛感。有一次,她带来一张纸,上面写了一个故事,是她从家里的一本书上一字不差地抄下来的。我给她涂抹扶他林软膏,按摩双脚,她把故事读给我听,故事讲的是一个梦想拥有花园的小男孩。还有一次,她送给我一本立体裁剪的日历。我送给她一本关于狼的书,还有缓解爪形趾压痛的药水。

1964 年,格琳德的灰色护士服换成了白大褂。她被调到了柏林弗里德里希海恩区的一家公立医院,很快跟主任医师发生了冲突。像之前一样,她在病人去世后填写便笺,系到病人脚上,但这被主任医师看作越权行为。在这里,只有主任医师有资格证实死亡。当主任医师像"拉普兰号"的水手一样在电话里对她怒吼时,格琳德微笑着举着听筒来到了护士室。像当年服从老师的字母t写法一样,她服从新的规则,但内心仍然认为自己有资格判定病人的死亡。

格琳德在弗里德里希海恩这家医院的妇科工作了五年,之后被布赫的一位风湿病医生挖走,夏里特医院在那里开设了一家风湿病诊所。之后,她又来到米特的一家综合医院,协助一名全科医生工作。有一段时间,她在一家养老院做护士。后来,她又开始跟孩子打交道:她加入一家学校福利服务机构,乘坐公共汽车和轻轨列车在柏林各处奔波,拖着装满器械和疫苗的大袋子去柏林的各个学校,给孩子们接种天花疫苗。

当了二十年护士后,格琳德的双脚再也无法承受如此大的运动量。43岁时,她放弃了护士工作,重新做起秘书。她每天到舍恩豪泽大街的新教传教会上班,很快成为首席秘书。

1981年,格琳德来到马尔灿。她是东柏林东部装配式住宅区的首批住户，当时这里还是一大片荒芜的建筑工地。格琳德被分配到十层的一间单间公寓，至今她仍住在这里：36平方米，带阳台。她加入了柏林－马尔灿的新教教区，并参加马尔灿老城区的乡村教堂礼拜和音乐会。

多年来，教堂礼拜她从不落下，无论是在她时常去探望母亲的旧特雷普托，还是在她居住的柏林。她对"教区"一词的理解是："基督徒不能没有教区。一个人是无法成为基督徒的。"她结交朋友，提供帮助，也寻求帮助。她与以前和现在的同事相约散步、听音乐会、喝咖啡。她甚至仍然与当年课间陪她练习三分律的数学老师保持着联系，直到他去世；同样保持联系的还有当年与她争论小写字母 t 写法的德语老师。格琳德一直独居，但她从不感到孤独。

我曾经问邦卡特女士，她的职业生涯大部分在东德度过，东德是否已经成为她的家乡？"不，"她否认道，"我的家乡是柯尼斯堡。"正因如此，多年来工作地点的频繁更迭并没有令她不适，她总是乐于工作，乐于接受新挑战，不断提升自我。"在哪里其实不重要，我是难民，现在我又来到了这里。"

两德统一时，格琳德51岁。她想起了母亲当年的话，那时东德成立不久，社会主义建设正在如火如荼地进行中："他们打造新民众的想法会实现吗？"

后来格琳德又换了工作，只不过这次是被逼无奈。她担任首席秘书的传教会与西柏林分支合并，称作新教教会社会福利公益组织。从1993年起，格琳德每天都要从马尔灿前往施特格利茨上班，路途遥远。在东柏林，每个新来的同事都会收到一束鲜花，而这里情况截然不同，没有鲜花，只有刺耳的话语："我们知道您没有受过正规的培训，但我们会迁就您的。"没有人看她的简历，陌生感向格琳德袭来，这种感觉并非第一次出现在她的人生中，但她毫不退缩。她努力工作，想方设法向同事们证明自己。她第一次失去工作的乐趣，西德同事的无知和傲慢让她感到压抑不安。

五年后的一天，施特格利茨的领导终于看到了格琳德的简历。"您的资历干这份工作屈才了！"领导惊呼。"现在您知道了，"格琳德带着些许满足感说，"没关系。"

格琳德即将离开职场。

1998年，60岁的格琳德退休。这与她的身体状态有关，病症已经不仅局限在双脚了。退休金很微薄，但格琳德已经习惯了节俭的生活。

曾经是护士的格琳德成了病人，做了右脚的拇外翻手术。几周后她回医院复查，医生看着她的脚问："这是我做的吗？"手术非常失败，右脚疼痛加剧。

我小心翼翼地把扶他林涂在邦卡特女士的脚上，疼痛感虽未消失，但得到缓解。她说自己脚上的病一半归咎于孩童时穿的劣质鞋，一半归咎于遗传。她家族里所有的女性都有关节下陷、韧带磨损、肌腱无力的毛病。她的一个表妹11岁时就得了拇囊炎。"我们该死的骨头不中用。"我脑中不禁浮现一群邦卡特家族护士，头戴白色护士帽，身着灰色工作裙，灰色衣服下面露出黑色凉鞋，鞋里面一双赤脚，拇囊炎造成的鼓包像熟透的块茎一样泛着红光。

我问邦卡特女士为何没有组建自己的家庭，曾经也有一些男人追求她。邦卡特女士说，她年轻时的情况与现在不同：已婚妇女必须养育子女、操持家务、服侍丈夫，依附他人。一心扑在工作上的她对此毫无兴趣。"我从不喜欢被人指手画脚。"从这个角度来看，邦卡特女士在"妇女解放"这个词尚未流行时就已身体力行。

两德统一后，她最后一次尝试寻找父亲的下落，向位于慕尼黑的负责"二战"失踪人员的德国红十字会寻人机构提交了一份寻人申请，收到回信说未查到任何信息。

2001年，格琳德像往常一样走进位于旧特雷普托的小公寓，屋里弥漫着一股死亡的气息，她对这种气味再熟悉不过。她躺到母亲身边，一起聊天、唱歌、祈祷。"你还在吗？"母亲问道。格琳德回答："我在。""你抱紧我了吗？"母亲问。"抱紧了。"格琳德说。"那就好。"母亲说。随后她在格琳德的怀里离世。格琳德双手合十，抬起下巴，打电话通知弟弟和亲戚。

2004年，格琳德试图打开瓶子卡扣时右臂肱二头肌撕裂。2007年，左臂肱二头肌也莫名撕裂。自此，皮下肱骨处形成了一个肿块。医生诊断为横膈膜疝，并对她说："邦卡特女士，您的皱纹不止长在外面。"

两年前，邦卡特女士想从地毯上捡起一块棉絮，如同当年凌晨4点在儿童之家门前打扫那样。她弯腰时没有站稳，摔断了尾骨，但仍然如约来到工作室。她拄着拐，每走一步都备受煎熬。当我问她是否要帮她把拐杖放下时，她瞪了我一眼，纠正道："这不是拐杖，是辅助支撑！"

我钦佩她从不把自己描绘成受害者，这是一种与当今时代脱节的特质。我喜欢她的自夸自负，喜欢她严厉而明确的论调。邦卡特女士虽然身子骨孱弱，却有一种无形的力量感。这种力量来自信念，她生命中最永恒的信念。自从我认识邦卡特女士，我也开始留心马尔灿教堂的钟声。

她每周日都去教堂。之前她去马尔灿老城区的教堂只需 10 分钟，现在则需要半小时。只有下暴雨时是例外，因为她已经撑不住伞了。

由于肱二头肌撕裂，她的手臂再也抬不起来了。她让我想起了被剪断线的提线木偶，一个折翼天使。尽管如此，梳头时她还是努力将上半身向前弯曲，直到手能够到头。每周五都会有一个朋友过来帮她采买和洗澡；还有一位朋友帮她换床单被套，邦卡特女士说，如果她自己换，要花四个小时；一个年轻女人打扫卫生，一个年轻男人清洗衣物。邦卡特女士每周要去两次理疗室，理疗师按摩她的右臂；每两周足疗一次，时间通常长于原定的半小时。

我帮她套上新袜子，然后穿上舒适的米色鞋子。鞋子没有复杂的系带，看上去保养得很好，尽管用邦卡特女士的话说"颇有年头了"。我把她的东西装进那个印花褪色的小塑料袋里，然后帮她穿上外套，小心翼翼地把挎包带子越过她的头放到左肩上。我轻轻握了握她的手道别,然后打开门。她微笑着,步履蹒跚,身体微微前倾,双手交叉于背后。

春天,她喜欢工作室前草地上盛开的黄色蒲公英花;秋天,她喜欢树下满地的栗子。有一次,一个活泼的小男孩看到邦卡特女士在栗子树下驻足,便问她有没有捡到栗子。邦卡特女士回答说没有。小男孩捡了满满一捧栗子,放进邦卡特女士的挎包里。她很高兴,把栗子带回家,放在一个木碗里。

邦卡特女士夜里醒来时,会走到十层单间公寓的阳台上。凌晨4点,马尔灿的高楼大厦静静地伏在她脚下,一片漆黑,她抬起头,看着日出前最后一颗可见的星星——晨星。她再也没有皮特·弗莱伯格的任何消息。她猜想,他正奔波在世界的某个角落,应该有60岁了。

邦卡特女士是一位被流放的修女,一位没有修道院的修女,一位始终在追求自己理想的修女,一位住在装配式公寓里的修女。

我由衷钦佩格琳德·邦卡特的毕生成就,这些成就无人能做到。她抓住一切机会来弥补人生起点的缺憾。她从未成为国家的负担，至今仍捍卫着自己的独立。她是一个没有出现在当前统计数字中的难民。她一生中拥有的鞋子寥寥无几，起初是因为贫穷，后来是因为节俭，现在则是因为一双那个年代登记过的鞋子对她而言无比珍贵。

1944年11月，曾有一封信辗转寄到了住在柯尼斯堡的格琳德的母亲手中。她的父亲在信中说，他从挪威调离，现在驻扎在东普鲁士的一个村庄里。母亲把食物装进背包，拿起父亲那双大靴子，在里面塞满报纸，然后穿上。她冒着严寒，踏着泥泞出发了。到了村里，格琳德的父亲却不在。母亲四处打听，问遍了所有人，但没人知道他去了哪里。母亲把带给父亲的食物分给了其他士兵，然后背着空背包，冒着严寒和泥泞踏上了回家的路。到家后，她告诉格琳德和弟弟，她一直在寻找父亲，但没有找到，然后她脱下了靴子。

胡特夫妇

早上8点的马尔灿公园墓地,点点阳光穿过茂密的树冠,草地上还残留着夜里的湿气,清新的空气让人忍不住大口呼吸。我走过一排排墓地,欣赏花草树木,阅读墓志铭。这里埋葬着许多俄罗斯人和柏林本地人,从名字就能看出来。我曾经的顾客保尔克先生也葬在这里。松鸦喳喳尖叫,鸣禽啁啾,两只松鼠追逐玩闹。玉兰树的花瓣如纸屑般洒落一地。在无人的墓地开始新的一天,感觉真好。我离开墓地,穿过古老的铁轨桥,这是上班的必经之路。步行10分钟穿过住宅区,到达工作室所在的大楼。

胡特夫人精力充沛,体态丰满,是土生土长的柏林人,她和丈夫在马尔灿生活了三十年,住所离我们的工作室不远。她的脚和整个人一样小巧而结实，胡特夫人的指甲前缘非常敏感，那是神经的末端。我的柜子里放着她专用的珊瑚红色的指甲油。温暖时节，当她穿着白色绑带凉鞋时，我就用这种指甲油给她涂脚指甲。为了看清效果，胡特夫人会从她的大手提包里拿出一个放大镜。胡特夫人做过各种眼科手术。"还是看不见，但我不能再动刀了，我做过的手术够多了。"

我喜欢胡特夫人的理智冷静。她思维敏捷，语速很快，连笑都是一触即发，银铃般的笑声极富感染力。她的眼睛像飞驰的冰球一般来回扫视，不会错过任何细微的动静。胡特夫人绝不会像我一样有空在墓地里闲逛一个小时。她已经83岁了，一天二十四小时安排得满满当当。

我刚认识她时，总是希望她能趁着坐在足疗椅上的时间喘口气，哪怕只有一个小时。为她按摩双脚时，我提醒她放松肌肉，但胡特夫人根本坐不住：她担心丈夫离开家出来找她，丈夫迷路了，她又得去找他。脚指甲上的珊瑚红色指甲油还没有完全干透，她就跑出了工作室。她总能在丈夫三十年来熟悉的地方找到他：药房前、集市的水果蔬菜摊旁、银行门口。他曾在那里给路人发过钱。她拉着丈夫的手，和他一起走回家。

后来，她在一张纸上为丈夫画了一个时钟，时钟的长指针指向9点，放在客厅的桌子上，嘱咐丈夫等到墙上挂钟的长指针也指向9点，再去足疗店接她。结果还是出了差错：胡特先生找不到工作室，走到了一百米开外的美发店——胡特夫人在那里做了三十年的头发。我建议胡特夫人下次带着丈夫一起来。于是，之后胡特夫人来修脚的时候，胡特先生就坐在我们工作室入口处的藤椅上看报纸。严格来说，他只是拿着报纸，看着像在读报。"反正报纸上写什么也无所谓。"胡特夫人说完，我们都不禁笑了出来。在家里，胡特先生也总是这样坐在沙发上，这对胡特夫人来说再合适不过，这样她就能很快把家务做完。她转着小眼睛抱怨说，胡特先生总是想帮忙做家务。前段时间，她还曾把吸尘器递给他，但时移世易，他已经干不了了。于是胡特夫人转而给丈夫递上浴室清洁剂和海绵。从那以后，他每天都要擦六遍水槽。胡特夫人笑着说："你都不敢相信他把水槽擦得多闪亮！"她的笑声很有感染力。

胡特夫人在足疗室里喊她的丈夫："格哈德！"然后又提高音量喊了一遍，"格哈德！"听力不好的胡特先生没有过来，于是我去叫他，他迟疑地环顾门框，看到妻子光着脚站在一个满是水和泡沫的盆里。他说："我还以为你去理发了呢。"胡特夫人三年前才开始来这里修脚，失智的胡特先生已经记不得了。每次他牵着妻子的手来到我们工作室门前，对他而言都是第一次造访。

胡特先生的手表总是停在 12 点半。有一次，他敲了敲手表玻璃，仿佛这样才能让指针动起来，又晃了晃手腕，把手表放到几乎失聪的耳边，耸了耸肩膀，说了句："没办法了。"我不禁想起塞缪尔·贝克特的戏剧《等待戈多》，剧中爱斯特拉贡抖抖鞋子，弗拉第米尔拍拍帽子。

他们下一次来的时候，我请胡特先生在足疗室靠窗的椅子上坐下，胡特夫人从我们工作室的书架上拿了一本笑话书递给丈夫，他顺从地打开了书。胡特夫人把脚放进足浴盆，他惊讶地从书中抬起头来说："我还以为你要去理发呢！"我和胡特夫人咯咯地笑起来。胡特先生低下头，一动不动地盯着书，一页不翻，也不笑。"我也不觉得那本书里的笑话好笑。"我说。胡特夫人摇了摇头，说她丈夫最近总是犯困，到哪都能睡着。

胡特夫人一直从事全职工作，先是在办公室，后来在莱比锡大街的一家熟食店。她有三个孩子，姐姐早逝后，她收留了姐姐的两个孩子，把他们和自己的孩子一起抚养成人。胡特夫人从不相信任何社会制度，既不相信社会主义，也不相信资本主义，只是担心孩子，像母狮一样看护着他们，确保一家人每天晚上都能安然无恙地围坐在餐桌旁。胡特夫人退休后，她的丈夫患上了前列腺癌，开始辗转于各个医院：手术、放疗、化疗，用药物和其他医疗措施来消除副作用。随后，癌细胞扩散到全身，医生建议手术切除一半上颌。胡特夫人决定放弃手术。从那时起，胡特先生就不再进行治疗。胡特夫人每周带他去弗里德里希海恩的牙科诊所三到四次，处理他口腔中的患处。"很快我就不能再这样陪他去了。"她又轻声补充道，"他一直都在照顾我们。"胡特先生是胡特太太最后一个要照料的"孩子"，但这个"孩子"既不能送去幼儿园，也不能送去体育俱乐部。胡特太太说："我不考虑养老院。"她对所有的制度、政府部门、机构都不信任。

胡特夫人说，胡特先生偶尔也有清醒的时候，总是在夜里。他睡不着，躺在妻子身边，问她还跟自己在一起做什么，他已经无法再为她做任何事了。胡特先生总会在这样的夜里哭泣。我明白，清醒的时刻最难熬。

上周，胡特先生人生中第一次修脚。他坐在足疗椅上，洗脚时他说："我穿45码的大号鞋，我也过得大手大脚。"我和胡特夫人咯咯笑了起来，坐在窗边椅子上的胡特夫人扭头看向窗外。我给胡特先生修剪脚趾，清理皮肤褶皱，打磨趾甲，磨掉脚后跟的死皮。胡特先生睡着了，他脸色苍白，神态安详。胡特夫人从她的大手提包里拿出放大镜，端详着自己新涂的珊瑚红色脚指甲油，摸了摸，说："干了。"她说着就穿上了白色的绑带凉鞋。我给胡特先生按摩双脚，他的脚柔软灵活。胡特先生醒了，他迷茫地环顾四周，看看我，看看他的脚，然后又看向我。胡特夫人站了起来，走到足疗椅前，握住丈夫的手。胡特先生认出了妻子，说道："我还以为我要去理发呢。"

在塞缪尔·贝克特的戏剧作品中，流浪汉弗拉第米尔和爱斯特拉贡等待着戈多，但戈多并没有出现。自《等待戈多》于1953年在巴黎首演以来，演员、导演、编剧、戏剧学家、哲学家无不绞尽脑汁地猜测戈多是谁。胡特先生应该不知道这部戏剧，但也许他知道谁是戈多。

晚上8点的马尔灿公园墓地远离城市喧嚣。烈日炎炎、尘土飞扬的一天即将落幕，鸟儿唱起了晚歌。日暮斜阳，余晖如翅膀般掠过石碑上的一个个名字。崎岖的小路，浇筑的墓穴，燃烧的蜡烛，落叶松、橡树、松树。我漫步在蕨类植物丛中,穿过树荫下的草地,凉爽、宁静、空旷。一棵桦树,一张长椅,在无人的墓地结束这一天,感觉真好。

后 记

那段模糊不清的岁月已经过去了吗？在那段岁月里，你在偌大的湖中央挣扎、无助地原地打转，因单调乏味的游泳动作疲累气喘；在那段岁月里，你担心悄无声息地中途沉没，不知所终。寥落的中年危机过去了吗？

我想是的。

年近50岁，你已经意识到，想做的事情现在就做，而不是以后。老生常谈，却是真理。年近50岁，你得到的关注越来越少，却为完成自己想做的事创造了最佳条件，不管你要做的是可怕的、了不起的还是离经叛道的。你穿着白色的衣服，被足疗室四周的白墙包围,完美融入而难以看到自身,只有当你的顾客坐在粉红色足疗椅上时,才能从他们身上不经意地看到映出的自己。你一直在笑,一直在思考,有时与顾客四目相对。下班后,你散开头发,穿着深色衣服站在车站等车,顾客根本不会认出你。

20世纪70年代,马尔灿拔地而起,地下工程公司建造了无障碍地下集水管道,区域供暖、供水、供电和通信线路都经由这些管道。9.8公里长的地下通道,340个出入口。如果出现故障,不需要掘地三尺。如果发生事故,马尔灿居民可以通过混凝土管道逃生。

在我看来,马尔灿拥有柏林商品最齐全的购物中心。马尔灿创伤医院拥有最好的抢救中心,那里不仅挽救过我的一些顾客的生命,还在6月的某天凌晨3点半挽救过我丈夫的生命。与弗里德里希海恩-克罗伊茨贝格区的居民办事处相比,马尔灿简直就是天堂。米特区的焰火晚会尚未结束,马尔灿居民办事处就已经把垃圾清理干净了。在郁金香酒吧，小杯柏林皮尔森啤酒仅售1.6欧元，大杯2欧元。马尔灿老城区的根茨肉铺卖的奶酪馅饼用料十足。在马尔灿，邮递员仍然每日投递信件。唯一不足的是，马尔灿的医生太少了，而且大多年事已高、即将退休，而剩下的医生应付不了这么多病人。

自2015年春天以来，我护理了大约3800只脚，也就是19000个脚趾，每个脚趾我都用拇指和食指夹住镊子进行过精心护理。

我买了新的工作鞋，之前为夏洛滕堡的培训专门买的那双白色勃肯鞋穿了四年后坏了。新工作鞋鞋面大部分是白色的，但正如鞋盒上展示的，鞋面上印满了粉红色的小花。对我而言，这双鞋有些大胆出格了，但是弗洛克和蒂菲对此很是欣喜。

孩子在海德堡上大学，恋爱了。如果过段时间我成为祖母，也不会太过惊讶。

丈夫在经历了诸多病痛之后，身体也在逐渐好转。他在这个年纪回到了自己出生的地方。我们互相探望，打电话问候。

这里才是我的家,那座属于我的浮岛在柏林马尔灿。我的爱如水,可以融入任何缝隙之中。心中的痛苦已经消失,随之消失的还有年少残留的最后一丝傲慢。心底取而代之地萌发出岁月沉淀的温柔,有时会让人觉得有点庸俗,比如鞋面上粉红色的小花。但我并不在意,这里没有人关注我。

1月底一个周三的早晨,我在桌前从凌晨4点坐到6点。然后我冲了个澡,做了个三明治,收拾背包,7点半出门,路上买好车票,再给蒂菲、弗洛克和自己买三块蛋糕。孩子们去上学,建筑工人喝着咖啡。天色微亮,寒冷难耐,人们纷纷刮去汽车风挡玻璃上的冰霜。我来到公交车站,这段时间M6路车5分钟一班,车内是一张张面无表情的脸。和往常一样,我坐在靠窗的位置,车程21分钟。兰茨贝格大街的轻轨站上来了更多面无表情的人,头裹在帽子下。他们有的拿着智能手机,有的戴着耳机,有的推着婴儿车,一言不发。我喜欢这种临时同乘。我不知道其他人要去哪里,但我总是对工作满怀期待,即使累得筋疲力尽,即使工作室里空气浑浊,我知道我总能完成。我从未迟到过,脑子里装着一天的计划。今天有8位客人:9点,哈滕豪尔;10点,邦卡特;11点,汉内洛尔·米勒;12点30分,于尔根;14点,昂特;15点,萨比娜·舒尔茨;17点,克鲁格;18点,波内斯基(弗伦泽尔女士、艾米和莱拉接她离开)。

邦卡特女士两周前来过,走路越来越费力,髋部疼痛让她面无生机。她去看过医生吗?邦卡特女士的情况谁也说不准。作为一名始终在追求自己的理想的修女,她会以自己的方式默默地、堂堂正正地战斗到底,她清楚地知晓自己所能承受的极限。在此之前,她将保持绝对的独立,在慈爱的上帝将她带到自己身边时欣然接受。

在霍恩舍豪斯街-魏森湖路站,人们面无表情地上车下车。有些人妆容精致,掩盖住了疲惫。车在阿尔滕霍夫街转弯,进入了遍布十一层高楼且绿树成荫的大型停车场的世界。我们向东直行,与兰茨贝格大街平行,兰茨贝格大街是一条宽阔的主干道,全长11公里,门牌号一直排到576号。天空变得开阔起来。在泽克林街，一个戴着格子尖顶帽的高个子男人上了车，几乎跟埃伯哈德·皮耶施一模一样。

埃伯哈德·皮耶施坐在新扶手椅上。他依然给我带来一瓶起泡酒，依然高高在上地向我解释这个世界，依然问我是否愿意和他做爱。他的性爱次数停滞在51次，但与心脏病友运动小组一起徒步的次数却从43次增加到49次。皮耶施先生下次来的时候，我会祝贺他成功设计并组织了第50次心脏病友运动小组徒步旅行。

古塞女士不再亲自下厨，甚至连周六的固定菜肴烟熏猪肉也不再做了。每天早上，一位餐饮公司的年轻人都会用保温饭盒送来午餐。古塞女士饶有兴致地研究下周的菜单，选出喜欢的菜肴打钩。如果还有剩余的钱，她就分给她60多岁的孩子们。

几个月前，胡特夫人打电话取消了她和丈夫的预约，胡特先生住院了，她每天都去探望。从那以后，我再也没有听到胡特夫妇的消息。也许胡特先生已经去世了，也许他现在跟保尔克先生一样，躺在马尔灿的公园墓地里。也许我再也见不到胡特夫妇了。胡特夫人自己的身体也需要医治，我曾问过她的病情，她说："人必须要做抉择。"然后拉起丈夫的手。我不知道如果胡特先生不在了，胡特夫人会怎么样，她能否做到雅努什女士那样。

雅努什女士终于做了青光眼手术。我问她，青光眼治好后再看自家的绿鹦鹉还是绿色的吗？她笑得前仰后合。明天，也就是周四，雅努什女士下午2点来修脚。她将向我讲述她的阿伦斯霍普之旅——第一次没有丈夫陪伴的旅行。

M6列车在铁轨上隆隆作响，沿路途经根斯勒街、阿伦特路、沙尔考街。路左边是装配式建筑群，右边是商超区，例如霍夫纳家具、格鲁伯建材超市、格鲁伯园艺中心。太阳从宜家楼顶升起，这是一个晴朗、寒冷的冬日，天空湛蓝。我从背包里掏出工作室的钥匙，放进大衣口袋。

诺尔母女换了新发型。诺尔夫人脑门上的伤口已经愈合，结痂脱落。理发师把她花白的刘海剪短了。前一阵，诺尔夫人又驼着背坐在弗洛克的美甲桌前，双手泡在手浴盆里，弗洛克的收音机在低声播放艾德·希兰的歌曲 *Shape of You*，诺尔夫人突然左右脚伴着歌曲的节奏交替敲击地面。我偷笑，她根本没有那么聋，活到一百岁完全没问题。

霍伯纳先生有时会趿拉着那双破旧的洞洞鞋经过工作室。我已经不跟他打招呼了，因为他从不回应。

布鲁迈尔女士与鲁兹飞往伦敦共度周末时被送进了医院——肾结石。从那时起，她就必须严格控制生活习惯，监测饮水量和排泄量；此外，她还被诊断出了尿道结节。这让布鲁迈尔太太很恼火，她要一直插着膀胱导尿管。坐在电动轮椅上的她经过工作室门口时跟我们聊了几句，笑着说："鲁兹发牢骚。别人都可以从下面性交，就他不行！"

M6 列车经过乔治·克诺尔商业园，优雅地向左拐了个弯，然后右转驶向马尔灿车站。我向通往公园墓地的老铁轨桥望去，购物中心尚未开门。我继续坐了一段路，然后下了车。寒风呼啸，冰冷的空气刺痛鼻子，马尔灿冬天极寒。我穿过铁轨，仰起头,面对工作室所在的18层高楼,自感渺小。到了工作室,我把三明治和蛋糕放在厨房,给自己煮一杯咖啡,穿上白色工作服,在足疗室进行准备工作。我拿着咖啡壶坐在前台,查阅预约本,没有日程变化。我的第一位顾客是卡罗拉·哈滕豪尔,大家都称呼她哈蒂。她还有五年退休,今天晚些上班。我早些开始准备,好让哈蒂的双脚得到充分护理。上午9点她准时到达,按响门铃。我急忙跑到门前,隔着窗户冲她一笑,将红色的歇业门牌转为绿色的营业门牌。

Author: Katja Oskamp
Title: Marzahn mon amour. Geschichten einer Fußpflegerin
Copyright © 2019 Hanser Berlin in der Carl Hanser Verlag GmbH & Co. KG, München
Chinese language edition arranged through HERCULES Business & Culture GmbH, Germany

© 中南博集天卷文化传媒有限公司。本书版权受法律保护。未经权利人许可，任何人不得以任何方式使用本书包括正文、插图、封面、版式等任何部分内容，违者将受到法律制裁。

著作权合同登记号：字 18-2025-108

图书在版编目（CIP）数据

此生未尽 /（德）卡特娅·奥斯坎普著；毕秋晨译. 长沙：湖南文艺出版社，2025.7. --ISBN 978-7-5726-2326-4

I.I516.45
中国国家版本馆 CIP 数据核字第 2025Q28J66 号

上架建议：畅销·外国文学

CI SHENG WEI JIN
此生未尽

著　　　者：	[德]卡特娅·奥斯坎普
译　　　者：	毕秋晨
出 版 人：	陈新文
责任编辑：	张　璐
出 品 方：	好读文化
出 品 人：	姚常伟
监　　制：	毛闽峰
策划编辑：	姜晴川
特约策划：	颜若寒
营销编辑：	刘　珣　大　焦
封面设计：	陈绮清
版式设计：	鸣阅空间
出　　版：	湖南文艺出版社
	（长沙市雨花区东二环一段 508 号　邮编：410014）
网　　址：	www.hnwy.net
印　　刷：	北京美图印务有限公司
经　　销：	新华书店
开　　本：	860 mm × 1200 mm　1/32
字　　数：	99 千字
印　　张：	7
版　　次：	2025 年 7 月第 1 版
印　　次：	2025 年 7 月第 1 次印刷
书　　号：	ISBN 978-7-5726-2326-4
定　　价：	52.00 元

若有质量问题，请致电质量监督电话：010-59096394
团购电话：010-59320018